Romain et Julie

Avis aux lecteurs

Vous êtes nombreux à nous écrire
et nous vous en remercions.
Pour être sûrs que votre courrier arrive,
adressez votre correspondance à :

Bayard Éditions Jeunesse
Collection Cœur Grenadine
3 / 5, rue Bayard
75008 Paris.

Cœur Grenadine

Romain et Julie

LAURENCE MADO

DEUXIÈME ÉDITION
BAYARD JEUNESSE

BIOGRAPHIE

Laurence Mado a quatre enfants : Léo, Félix, Rachel, Anouk (de 15 ans à 5 mois). Entre deux biberons, elle a été journaliste-reporter (Afrique et Europe), journaliste-radio aux Antilles, puis rédactice en chef d'un site Internet. Ajourd'hui, elle habite en région parisienne et écrit des histoires d'amour pour les grandes et pour les plus petites.

Loi n° 49-956 du 16 juillet 1949
sur les publications destinées à la jeunesse
Dépôt légal janvier 2008

ISBN 13 : 978-2-7470-2574-4

Prologue

Le quai de débarquement est quasi désert ce matin. Il pleut tellement que les rares courageux qui attendent l'arrivée du bateau du continent se sont réfugiés au sec, dans les bureaux de la capitainerie.

Je suis toute seule sur la digue. La mer est aussi grise que l'horizon et de longs panaches d'écume la survolent. Avec mon grand ciré jaune, je me fais l'effet d'un poussin prêt à s'envoler dans la tempête. J'ai les lèvres et les yeux mangés par le sel.

Ce matin, quand je me suis réveillée, une boule d'angoisse s'est collée dans ma gorge. Le vent cognait comme un sourd contre les volets, je l'entendais se glisser dans tous les interstices de la maison, et j'ai aussitôt pensé que la mer serait trop mauvaise pour que le bateau ait l'autorisation de passer. Ça fait plus de deux mois que j'attends le moment où l'*Enez* accostera sur notre île ! Et voilà que, à cause de ce fichu vent, il risquait de rester bloqué à terre…

J'ai bondi de mon lit et j'ai foncé en bas demander à ma mère si elle savait quelque chose à propos de l'*Enez*… Mais, avant que j'aie eu le temps d'ouvrir la bouche, elle m'a lancé :

– Ne fais pas cette tête ! Je viens de téléphoner à la capitainerie. Le bateau sera là à 10 heures.

On a échangé un grand sourire complice, et je suis remontée me préparer, le cœur léger, avec, d'un coup, une irrépressible envie de chanter.

Je viens d'apercevoir sa silhouette au loin, derrière la digue, au milieu des vagues hautes comme des maisons, avec sa cheminée ressemblant à un pauvre petit morceau d'allumette malmené par la houle. Depuis que je suis née, j'ai dû faire à peu près deux cents fois la traversée, par temps calme, par tempête… et même une fois sous la neige ! Alors, je n'ai aucun mal à imaginer l'état des pauvres passagers transformés en yo-yos, le ventre tordu par la peur, et l'estomac au bord des lèvres.

Parmi eux, il y a celui que j'attends. Peut-être que, malgré le mauvais temps et les embruns qui balaient le pont, il a préféré rester dehors pour guetter la digue, le quai de débarquement et une petite tache jaune perdue dans la pluie…

Peut-être qu'il s'en fiche des vagues, du mal de mer, du roulis et du tangage. Peut-être que, comme à moi, cette nature déchaînée lui rappelle le début de notre histoire, les premiers jours des vacances d'été. À cette époque, le ciel était bleu et la mer calme. Pourtant, une sacrée tempête a soufflé sur nos cœurs.

L'*Enez* arrive au niveau de la digue en soulevant de grandes gerbes d'écume. Il se fraie un chemin vers le débarcadère, au gré des impulsions des immenses vagues qui déferlent. Tout à l'avant, accrochée au bastingage, je reconnais une silhouette encapuchonnée. Il est là, dehors, son regard glisse vers moi. Il est enfin revenu.

Notre histoire avait si mal commencé pourtant ! Je me la suis souvent racontée pendant ces deux longs mois qui nous ont séparés… Quelle histoire ! Un vrai roman. Je m'en souviens comme si c'était hier…

Chapitre 1

Arthur, c'est la personne que j'aime le plus au monde. Il est drôle, intelligent, toujours de bonne humeur. Et, quand il se met à téter son pouce, j'ai envie de le croquer, tellement il est mignon.

Arthur, c'est mon frère. Enfin, mon « demi ». Même si, comme il dit du haut de ses quatre ans : « On s'aime pas à moitié. Julie et moi, on s'aime entier. » N'empêche que, ce matin-là, j'ai bien cru que j'allais le détester, mon petit frère adoré.

J'étais en train de prendre le meilleur petit déjeuner de ma vie: le premier des grandes vacances. J'étais revenue de Brest la veille, après deux mois d'internat non stop, deux longs mois sans mettre les pieds chez moi.

Il faisait beau. Tranquillement assise à l'ombre des tamaris, je sirotais mon jus d'orange en rêvassant à la journée qui commençait, à toutes ces journées de liberté qui m'attendaient dans le plus bel endroit du monde: mon île natale.

Arthur était en train de grignoter une tartine, installé sur les genoux de son papa, Charly. On n'entendait que le chant des oiseaux et le frissonnement de la brise dans les branches des tamaris.

Tout à coup, ma mère est sortie comme une furie de l'hôtel et elle est venue se planter droit devant moi.

– Bon, Julie, autant te le dire tout de suite. Tes vacances, ça va pas être de tout repos.

Je lui ai lancé un regard horrifié. Qu'est-ce qu'elle avait encore inventé? Elle n'avait aucun droit de me refaire le coup des devoirs de vacances par correspondance pour compenser des résultats très moyens. J'avais passé toutes mes matinées, l'été précédent, à réviser maths, français et anglais. Merci bien ! J'avais retenu la leçon : cette fois, j'avais travaillé à l'internat (où, de toute façon, il n'y a rien de mieux à faire) et je rentrais avec un bulletin « très encourageant ». Alors quoi ?

– Cet été, je n'ai pas embauché de baby-sitter pour Arthur, a poursuivi ma mère. On n'a pas beaucoup de sous, l'arrière-saison a été mauvaise, et…

Elle s'est tue pour montrer du doigt la toiture de l'hôtel, qui venait d'être entièrement refaite :

–… on a eu énormément de frais. Alors, j'ai pensé que tu étais assez grande pour t'occuper de ton petit frère…

– Toute la journée ?

– Trois heures le matin. Pause pendant la sieste. Trois heures l'après-midi.

Je l'ai regardée, estomaquée :

– Tous les jours ?

Je suffoquais, je gémissais, mon regard stupéfait allait de Charly à ma mère, en passant par Arthur. Ils n'avaient pas le droit de me faire ça ! Ils ne pouvaient par me clouer à terre avec un enfant dans les pattes !

– Écoute, Julie, a tranché ma mère, il faut aussi que tu fasses des efforts. La vie, ce n'est pas… Il est normal que tu contribues à…

À ce moment-là, on a entendu le bruit d'une voiture qui roulait sur les graviers devant la façade. Ma mère a interrompu sa tirade et s'est levée précipitamment.

– Ah, zut, c'est mon comptable ! Il faut que j'y aille…

Impossible d'avoir une discussion avec elle. Elle a toujours quinze mille trucs à faire… Elle m'a ébouriffé les cheveux comme si j'avais encore l'âge d'Arthur :

– Je compte sur toi, ma chérie.

Je l'aurais étranglée. Voilà comment est ma mère : elle organise la vie des gens comme s'il s'agissait du planning de réservation de son hôtel !

Le silence est retombé. Arthur émiettait sa tartine sur la nappe en me lançant de drôles de regards en coin. Charly m'a fait une petite grimace d'excuse avant de lancer :

– Véronique est épuisée, tu sais. Il ne faut pas lui en vouloir. Elle travaille comme une folle.

J'ai protesté haut et fort. Charly, je peux tout lui dire :

– Elle n'est pas la seule, figure-toi. Moi aussi, j'ai droit à des vacances !

Il n'a rien répondu. Il avait l'air dans ses

petits souliers et caressait machinalement les cheveux blonds d'Arthur.

Je sais que pour Charly aussi l'été, c'est dur. Il est le seul médecin de l'île et, dès le mois de juillet, quand la population passe de 300 à 3 000 habitants, il travaille en gros cent fois plus. Mais j'ai enfoncé le clou, sans pitié, avec un rire mauvais :

– Tu as entendu ce qu'elle a dit : « Pause pendant la sieste ! » Soit deux heures de libres par jour. Tu sais ce que ça veut dire ?

Je voyais mon pauvre beau-père se liquéfier sous mes regards furieux. Si je n'avais pas été aussi en colère, ça m'aurait presque amusée de le voir agoniser de honte sous mes accusations. J'ai poursuivi :

– Ça veut dire que je ne pourrai pas naviguer une seule fois cet été ! Voilà ce que ça veut dire !

À ce moment, j'ai vraiment réalisé ce qui m'arrivait. J'ai cru que j'allais fondre en larmes. Des mois que j'attendais de me retrouver sur l'eau ! La gorge nouée, j'ai murmuré :

– C'est injuste !

J'ai fermé les yeux très fort pour bloquer le torrent qui s'annonçait derrière mes paupières.

Charly a poussé un profond soupir :

– Je te promets qu'on s'arrangera pour que tu puisses participer aux régates.

J'ai haussé les épaules en grommelant. La petite voix d'Arthur s'est élevée au-dessus de la nappe pleine de miettes :

– Moi, je veux bien faire du bateau avec toi.

J'ai lâché un grand « pfit ! » méprisant :

– Tu sais bien que tu n'as pas le droit. Tu es trop petit.

Je l'ai fait exprès : Arthur déteste qu'on lui dise ça. Il est descendu des genoux de son père et il s'est assis dans l'herbe, à quelques mètres de nous, en nous tournant le dos.

– Ta sœur a raison, a déclaré Charly. Tant que tu ne sais pas nager, tu ne peux pas naviguer.

Les épaules d'Arthur se sont enfoncées un peu plus, il a baissé la tête sur sa poitrine. Il boudait vraiment.

Charly a poursuivi en me regardant :

– Ne t'inquiète pas. On trouvera des solutions…

– Tu parles !

Parfois, il est agaçant, Charly, à vouloir que tout soit bien, à calmer tout le monde, à ne jamais s'énerver pour rien.

– Qu'est-ce que tu avais prévu pour ce matin ? a-t-il enchaîné. Tu voulais naviguer ?

– Non. Je voulais préparer mon bateau. Revoir l'accastillage… Les régates, c'est dans quatre jours.

– Bon, écoute : voilà ce qu'on va faire. Je prends Arthur avec moi pour la matinée. Je n'ai que des visites de routine. Des gens de l'île, pas des touristes. Ça leur fera plaisir de voir mon fils. Et si jamais j'ai une grosse urgence, je viens te déposer Arthur au port. D'accord ?

J'ai reniflé, et j'ai fait « oui » de la tête.

– Tu vois, m'a dit Charly avec un grand clin d'œil, on peut toujours s'arranger.

À ce moment, Arthur a levé la tête et m'a regardée d'un air mauvais.

– De toute façon, je préfère être avec mon papa qu'avec toi…

Oh là là, c'est qu'il était vraiment vexé, mon petit frère !

***

En numéro deux, sur la liste des personnes indispensables à ma vie sur terre, juste après Arthur, il y a Luna. Ma meilleure amie.

On est nées le même jour, dans la même maternité, sur le continent. C'est là que nos mères sont devenues amies, et c'est comme ça qu'un jour, quand le papa de Luna les a quittées, elles sont venues toutes les deux habiter sur notre île.

Pendant longtemps, on a vécu collées ensemble, tantôt chez l'une, tantôt chez l'autre. Les gens d'ici nous appelaient « les siamoises », et ils trouvaient ça drôle parce qu'on se ressemblait autant qu'une orange et un pruneau. Luna est aussi blonde et douce que je suis brune et volcanique, aussi calme que je suis emportée, aussi brillante que je suis moyenne.

D'ailleurs, elle a sauté une classe, tellement elle est douée.

Ce matin-là, elle m'a rejointe sur la grève, tandis que j'étais en train de préparer mon bateau. Foc, grand-voile, drisses, manilles : tout était soigneusement aligné sur une bâche. J'avais tout démonté en moins d'une heure. *Nirvana*, mon bateau, mon superbe Laser, n'était plus qu'une coque nue, retournée sur le sable, qui attendait d'être poncée avant le grand jour : les régates des minimes.

Luna a débarqué en faisant crisser les freins

de son vieux vélo. Elle a dévalé les escaliers glissants du quai et s'est précipitée vers moi avec un sourire qui lui faisait le tour de la tête :

– Ça boume ?

– Bof…

On s'est embrassées, et j'ai commencé à lui raconter comment ma mère avait décidé de gâcher mes vacances. Mais je me suis vite aperçue qu'elle ne m'écoutait que d'une oreille.

D'habitude, quand on se retrouve après un trimestre de séparation, on se pose les fesses dans le sable et on parle à toute vitesse pendant des heures. On reprend nos histoires là où on les avait laissées, en s'interrompant mutuellement toutes les trois minutes, tout ça accompagné de grands gestes et de soupirs. J'imagine que, pour le commun des mortels, nos conversations ressemblent à un dialogue de Martiennes capté sur un mauvais talkie-walkie ; mais nous, on se comprend au quart de tour.

Ce jour-là, elle avait vraiment la tête ailleurs ; on aurait dit que ce qui m'arrivait ne l'intéressait pas du tout. Un peu vexée par son indifférence, j'ai attrapé un bout de toile émeri et je lui ai jeté à la figure :

– Tiens, file-moi donc un coup de main, au lieu de rêvasser.

– Désolée ! Je n'ai pas le temps, on m'attend pour une répétition.

Luna s'est lancée dans une tirade sur la pièce de théâtre que le club des jeunes de l'île préparait pour le début du mois d'août. C'était *Roméo et Juliette*, un vieux truc, du style costumes à dentelles et scènes d'amour au clair de lune. Elle y tenait le rôle principal, celui de Juliette. Elle avait un texte long comme le bras à apprendre par cœur.

Pour me venger, j'ai fait semblant à mon tour de ne pas l'écouter, et je me suis mise à gratter de toutes mes forces la coque avec la toile émeri. Imperturbable, Luna continuait à bavarder toute seule :

– La mairie a embauché un animateur génial pour nous aider. Il s'appelle Damien, et il est super gentil, grosse pêche et plein d'idées. Et puis, il a de ces yeux ! J'en ai jamais vu de cette couleur…

Quelque chose dans sa voix m'a fait lever le nez de mon bateau. Une drôle d'inflexion que je ne lui connaissais pas… Je l'ai dévisagée. Ses yeux bleus, fixés sur la mer, brillaient d'une lumière étrange. Mais le plus surprenant, c'était son sourire, lointain, comme tourné vers l'intérieur.

Les symptômes étaient clairs. J'ai lâché la coque de *Nirvana* et je me suis plantée en face d'elle :

– Aïe !

– Qu'est-ce que tu t'es fait ?

– Moi, rien. Toi, en revanche, tu es en train de te faire mal...

C'était une chose acquise depuis longtemps, entre Luna et moi : l'amour était un truc dangereux et inutile. Au mieux, ça vous rendait à moitié débile, dégoulinant et flasque. Au pire, ça finissait dans une mer de Kleenex et une orgie de chocolat... Alors, autant s'en passer.

J'ai poursuivi, les mains sur les hanches :

– Ressaisis-toi, ma vieille. Ou tu vas bientôt ressembler à un Malabar usagé...

Luna m'a regardée comme si j'avais été un os de seiche échoué sur le rivage :

– Bon ! Je vois que tu es de super humeur aujourd'hui. Très disponible pour tes amies...

Elle est repartie à grandes enjambées vers son vélo, qu'elle avait laissé en haut du quai. Avant de grimper les escaliers, elle m'a lancé :

– Gratte plus fort ! Ça te défoulera.

– Luna !

Une boule était tombée sur mon ventre.

Après Arthur, Luna... Décidément, ce n'était pas mon jour !

– Luna, attends ! On se voit ce soir, à la terrasse de la crêperie, près de l'église ?

– Je ne peux pas, a-t-elle répondu en enfourchant son vélo. Ce soir, Damien m'aide à apprendre mon texte...

Elle s'est retournée vers moi, son guidon dans les mains :

– Appelle-moi quand tu auras cinq minutes... Salut !

Et elle est partie en pédalant comme une folle.

Je me suis laissée tomber dans le sable. Je me sentais aussi mal que le jour de cette horrible rentrée scolaire de CM2, où Luna m'avait abandonnée. Elle était entrée en sixième dans un internat sur le continent, et je m'étais retrouvée toute seule, avec pour toute perspective une année entière sans elle, dans une petite école au milieu des moutons et des vagues...

J'ai serré les dents et j'ai jeté une poignée de sable vers la mer. Il me restait *Nirvana*. Lui au moins ne m'avait jamais trahie dans les coups durs. Mon fidèle navire avait un long hiver derrière lui et un grand besoin que je m'occupe de lui. Sa coque à nu me tendait les bras. Je me suis levée d'un seul coup.

Mon *Nirvana*, je le sentais prêt à faire des bonds de tigre sur l'écume pendant la régate. Ça tombait bien : moi aussi, j'avais la rage au ventre.

Chapitre 2

En guise de bond de tigre, *Nirvana* m'a quasiment fait faire le grand plongeon, le jour des régates.

J'étais en tête, à la dixième bouée, avec un bon petit vent de travers. Un énorme cafouillage avait eu lieu au moment du départ, et les autres bateaux étaient encore empêtrés derrière la digue. Mais pour moi tout allait bien; enfin, tout aurait été parfait sans ce *Baron perché*, un Laser un peu plus vieux que le mien, mais sacrément rapide. Le genre de concurrent énervant qui ne vous lâche pas d'une semelle.

On naviguait bord à bord depuis la deuxième bouée, à quelques mètres l'un de l'autre. Ni le bateau ni le skipper n'étaient d'ici. En tout cas, je ne les avais jamais vus. Avant le départ, j'étais trop concentrée pour faire attention aux autres régatiers.

Au niveau du phare du bout de l'île, à peu près au milieu du parcours des régates, *Le Baron perché* s'est tellement rapproché que j'ai pu distinguer la couleur des yeux du skipper : un vert semé de paillettes d'or comme je n'en n'avais encore jamais vu. Il venait de relever ses lunettes et il me faisait un grand sourire. Pas un sourire du genre : « *Je t'aurai, je vais gagner.* » Un vrai sourire, craquant, lumineux, qui voulait dire qu'il était heureux d'être là.

Sauf que, moi, je n'étais pas là pour faire du tourisme ou des amabilités. Ce que je voulais, c'était la victoire. Alors, j'ai détourné les yeux et je me suis concentrée de nouveau sur mon bateau.

On approchait de la pointe d'Arlan. C'est un coin que je connais bien. Il y a un courant mauvais au bout des rochers et je sais exactement où il faut manœuvrer pour pouvoir y résister. J'ai attendu le dernier moment pour virer de bord, et mon *Nirvana* a foncé droit sur la bouée. *Le Baron perché*, comme je m'y attendais, n'a pas eu le temps de m'imiter, le courant l'a entraîné vers le large. J'ai jeté un regard en arrière : le skipper avait réagi vite, mais j'avais quand même gagné quelques longueurs.

À ce moment, l'inconnu a levé le pouce et j'ai entendu sa voix par-dessus le mugissement du vent dans les voiles.

« Super ! » hurlait-il. Et de nouveau ce sourire insupportable et renversant... Ça m'a énervée. J'ai tourné la tête et j'ai légèrement viré à bâbord pour me remettre dans la bonne trajectoire. Mais j'avais mal calculé la vitesse du *Baron perché*. J'avais la priorité, mais il était lancé à vive allure et, emporté par une vague, il est passé juste devant moi, à quelques centimètres de ma proue.

Il y avait des vagues au bout de la pointe. J'ai dû faire un geste trop brusque, car j'ai senti le bateau résister, se cabrer et plonger d'un seul coup vers l'avant. J'ai lâché le foc. *Nirvana* a rué comme un pur-sang au bord du gouffre, et il m'a balancée telle une serpillière contre le plat-bord.

J'ai pris une grande giclée d'eau de mer dans le visage. À moitié aveuglée, j'ai aperçu *Le Baron perché* qui filait derrière la balise, direction la ligne d'arrivée…

Évidemment, le Zodiac de la sécurité n'était pas là, et personne n'avait assisté à la scène. Le temps que j'avale l'eau salée et ma rage, que je reprenne le bateau en main, mon concurrent avait pris une avance irrattrapable.

Je suis arrivée au port six minutes après lui, les yeux rouges et les mains tremblantes. Les spectateurs massés sur les quais applaudissaient en poussant de grands cris. À côté de la buvette, j'ai repéré Charly et Arthur, qui m'attendaient en m'applaudissant. « Bravo, bravo ! »

Je ne me suis même pas arrêtée ; j'étais transformée en cocotte minute. J'ai foncé sous la tente où étaient installés l'organisation et le jury, et je me suis plantée devant André, le facteur, qui est aussi le président du Club de voile. J'ai hurlé :

– Je refuse la coupe d'argent ! Je refuse que mon nom soit prononcé sur le podium !

– Calme-toi, Julie…, m'a fait André en me posant la main sur l'épaule.

Je me suis dégagée brutalement :

– Je refuse de me calmer ! Je refuse aux tricheurs le droit de faire du bateau !

– Calme-toi, bon sang ! s'est emporté André. Personne n'a triché.

J'ai littéralement bondi de rage. Je ne pouvais même pas m'expliquer, j'étais trop en colère.

– Personne n'a triché, a-t-il répété. *Le Baron perché* est disqualifié. Son skipper a déclaré au jury qu'il t'avait grillé la priorité, à la balise de la pointe d'Arlan. Tu as gagné, Julie.

J'étais tellement sonnée que j'ai dû m'asseoir :

– Ce n'est pas…

… « vrai », voilà ce que je voulais dire. « Il ne m'a pas grillé la priorité, il m'a juste déconcentrée. » Mais je n'ai rien dit. J'ai encaissé en silence. Après tout, cette victoire, je l'avais bien méritée !

– Allez, tête de pioche ! a poursuivi André. Va enfiler un T-shirt sec. Dans dix minutes, tu montes sur le podium.

***

La remise des prix avait lieu sur le port, sur une tribune installée entre le bar de la Marine et le restaurant Le Homard. La place était noire de monde. Arthur, juché sur les épaules de son père, me caressait les cheveux et me lançait de temps en temps des regards débordants d'admiration. Je dois avouer que j'adore quand mon petit frère me regarde comme ça.

– La coupe des Minimes est attribuée à Julie Verrier et à son *Nirvana*. Bravo, Julie ! a craché le haut-parleur.

Depuis l'estrade, André m'a invitée d'un geste à venir le rejoindre. Tous les copains de l'île étaient là ; ils ont commencé, Luna en tête, à scander mon prénom, tandis que je grimpais les marches.

– Encore bravo, Julie, a répété André dans le micro. Mais, quand même : cinq victoires, cinq années de suite ! Tu pourrais en laisser un peu aux autres !

Il m'a lancé un énorme clin d'œil, puis m'a fait une bise.

Les applaudissements ont repris de plus belle. J'étais à la fois contente et intimidée. J'ai attrapé ma coupe, salué le public, et je suis descendue aussi sec.

Charly, Arthur et Luna m'ont rejointe. Mon beau-père m'a agrippée par le bras et a crié :

– Génial ! Tournée générale avant de rentrer.

J'ai fait signe à quelques copains du club de voile, et on s'est tous dirigés vers la buvette, tandis que le haut-parleur appelait les médailles d'argent et de bronze.

On a fendu la foule pour arriver au bar ; j'ai entendu Luna me chuchoter à l'oreille :

– C'est qui, ce type qui te regarde avec des yeux de merlan frit ?

– Où ça ?

– Là, à droite du serveur.

En un dixième de seconde, j'ai viré rouge tomate. Les yeux couleur de mer au soleil couchant et le sourire éblouissant étaient à deux mètres, scotchés sur moi.

Je ne suis pas le genre de fille que les garçons fixent. Non pas que je sois moche… Il se peut que je sois pas mal, voire mignonne… ou même jolie, certains jours – en tout cas, c'est ce que prétend Luna. Mais il se trouve que je n'ai pas besoin qu'on me regarde, et je me fiche de plaire. Les garçons du collège l'ont bien compris : ils m'ont surnommée « Kipik ».

Là, pour une fois, bizarrement, j'ai beaucoup aimé la façon dont *Le Baron perché* me regardait.

– C'est un des concurrents, ai-je glissé à l'oreille de Luna. Il a été plutôt sympa…

– Hum… il a l'air !

– En fait, je crois même que je devrais aller le remercier.

Luna a haussé les sourcils et a pris son air de grosse maligne pour répondre :

– Si tu veux mon avis, on dirait qu'il n'attend que ça !

À ce moment, le haut-parleur s'est remis à crachoter, et la voix d'André a retenti sur le port :

– Pour récompenser un concurrent particulièrement honnête, nous avons décidé de créer cette année un prix exceptionnel… J'appelle Romain, le skipper du *Baron perché*, à venir chercher la médaille du fair-play !

Il s'appelait Romain… Et il a semblé tout surpris en entendant son nom. Pendant qu'il montait sur l'estrade, j'en ai profité pour le détailler sans vergogne.

Il devait avoir un ou deux ans de plus que moi. Les cheveux bruns bouclés un peu longs, le teint super bronzé, les pieds nus, le bermuda informe et le T-shirt hors d'âge : il avait une vraie dégaine de marin. D'ailleurs, il m'avait prouvé qu'il savait naviguer…

Il est revenu vers la buvette d'un pas tranquille, son sourire était de nouveau branché sur moi. J'aimais bien sa façon de marcher, j'adorais sa façon de me regarder. Il s'est approché de nous et s'est arrêté juste devant moi en balançant sa médaille comme si c'était le pendule du professeur Tournesol :

– Bravo, Nirvana !

À sa place, je l'aurais eue mauvaise : une pauvre médaille de consolation, alors qu'il aurait pu gagner la coupe ! Mais non, lui, il avait toujours cet air radieux. J'ai lancé d'une voix aussi tranquille que possible :

– Merci, Baron !

On est restés plantés l'un en face de l'autre, à se sourire en silence, au milieu de la foule qui se pressait à la buvette. Puis Charly lui a offert un Coca et a commencé à lui poser des questions sur son bateau. Tout à coup, Romain s'est tourné vers moi et m'a proposé de faire du bateau avec lui le jour suivant.

Je ne savais pas quoi répondre. J'ai croisé le regard ironique de Luna et j'ai bégayé que je ne pouvais rien promettre, que j'avais des choses à faire. J'ai désigné Arthur, qui était en train de tirer sur mon short pour que je l'accompagne au manège.

– Mais si, mais si ! s'est exclamé joyeusement Charly. On s'arrangera pour que la championne puisse naviguer…

Le sourire de Romain s'est accentué. Moi, je me sentais de plus en plus mal. Encore quelques secondes, et la sueur allait dégouliner de mon front. Arthur avait attrapé ma main et il tirait de plus en plus fort. Alors, j'ai saisi l'occasion :

– Bon, je crois qu'il est temps que je m'occupe de lui… À bientôt, Romain !

Et je me suis enfuie vers le manège. Cette fois-ci, c'était moi qui tirais Arthur par la main.

Chapitre 3

Le lendemain, il faisait un temps de chien. Les bourrasques venant de l'océan amenaient des grains si violents que, de toute la matinée, Arthur et moi, on n'a pas pu sortir.

Vers le milieu de l'après-midi, le ciel s'est enfin dégagé. On s'est installés sur la plage devant l'hôtel, mon petit frère avec sa pelle et ses moules à sable, moi avec un livre.

Au bout d'un moment, je me suis rendu compte que j'étais en train de lire la même phrase depuis un bon quart d'heure. Impossible de me concentrer. Je n'avais qu'une seule chose en tête : la régate. Je me repassais le film en boucle. Il y avait quelque chose que je ne comprenais pas : qu'est-ce qui s'était passé au moment où j'avais lâché le foc ? C'était une erreur de débutante. J'avais beau chercher, je ne voyais qu'une explication : les yeux verts.

Arthur en était à son deux millième pâté de sable quand j'ai entendu une voix dans mon dos :

– Salut, Nirvana !

Avant que j'aie eu le temps de dire ouf, Romain était assis dans le sable à côté de moi, toujours aussi tranquille, et inattendu comme une soucoupe volante. Juste au moment où je pensais à lui... « Tu y as pensé toute la journée, à ton bel OVNI », a murmuré une petite voix, qui venait de très loin, à l'intérieur de moi.

J'ai rassemblé toutes mes forces, humecté mes lèvres avant de répondre :

– Salut !

Romain a enchaîné :

– J'ai croisé ton amie sur la place, devant le foyer des jeunes. Elle m'a dit que tu serais sans doute ici. C'est là que tu habites ?

J'ai fait « oui » de la tête. Je l'ai regardé en coin ; juste un coup d'œil rapide mais acéré. Il souriait à Arthur tout en lançant de petits coquillages.

– C'est ton petit frère ?

Re-« oui », de la tête, suivi d'un grand silence. Il allait finir par croire que j'étais demeurée ! Mais j'avais beau me triturer les méninges et me forcer à saliver, mon cerveau demeurait aussi sec que ma bouche.

– Je te dérange, peut-être ?

« Non », ai-je fait en secouant désespérément mes cheveux. Il a enlevé ses tennis et allongé les jambes dans le sable.

Ça voulait dire qu'il allait rester un moment. Je me suis un peu détendue. Du coup, j'ai eu le courage de parler, et j'ai sorti le truc le plus original, le plus bouleversant que j'aie pu trouver :

– Et toi, tu es en vacances ?

– Oui. Mon grand-père a une maison à côté de la pointe d'Arlan.

C'est idiot, mais ça m'a rassurée. Je n'aurais pas aimé qu'il soit en location ou au camping.

Il faut vous dire que sur l'île, pendant les vacances, il y a trois espèces d'êtres humains : ceux qui y vivent (les îliens), ceux qui y possèdent une résidence secondaire (les estivants) et ceux qui louent à la semaine ou qui campent (les touristes).

Les îliens fréquentent parfois les estivants, mais ni les uns ni les autres n'auraient jamais l'idée de frayer avec la race mineure des « touristes ». C'est bête, mais c'est comme ça, et il paraît que sur toutes les îles ça marche pareil…

J'ai poursuivi, contente de sentir mon rythme cardiaque ralentir :

– C'est bizarre, je ne t'ai jamais vu…

– Normal ; ça fait plus de dix ans que je ne suis pas venu…

– Tu es avec tes parents ?

– Non, il n'y a que mon grand-père paternel. Ça fait longtemps qu'il m'invite en vacances. J'ai failli ne pas venir : ma mère voulait m'envoyer en Angleterre dans une famille ! Tu imagines !

J'ai hoché la tête. Je savais ce que c'était, les lubies des mères. Mais, quand même, la mienne n'aurait pas osé me faire le coup de la famille anglaise !

Il a lancé une poignée de sable en l'air avant de poursuivre :

– Mes parents sont divorcés, et ma mère a

un peu coupé les ponts avec cette branche de la famille. Je ne vois plus beaucoup mon père. Et toi ?

J'ai inspiré à fond. Je n'aime pas beaucoup cette question.

– Moi, le mien, je ne le vois plus du tout. Mon père est…

C'est un truc que je ne sais pas dire ; alors, comme à chaque fois, j'avais du mal à sortir le mot. À ce moment-là, on a entendu la petite voix d'Arthur :

– Le père de Julie, il est mort.

Le regard inquiet et gêné de Romain a croisé le mien. Je suis habituée, les gens me regardent toujours avec cet air de compassion quand ils apprennent que je suis orpheline.

Et ça me gêne, parce que mon père, je l'ai à peine connu. Je n'ai aucun souvenir de lui… Je connais son visage parce qu'il y a une photo de lui sur ma commode. Depuis que je suis née, elle est là et je crois que maman n'aimerait pas que je l'enlève. Mais mon papa, celui qui m'élève et beurre mes tartines, c'est Charly.

J'ai bien senti que Romain n'osait plus rien dire.

Arthur s'est approché de nous, il a planté son râteau dans le sable, et il a ajouté, aussi solennel qu'un présentateur météo qui annonce le cinquantième jour de canicule :

– Le papa de Julie, il s'appelait Denis, et il est mort pour toute la vie…

Nos regards se sont de nouveau croisés, et j'ai cru voir une lueur de panique dans les yeux de Romain. Alors, il s'est passé un truc incroyable : on s'est mis à rire, mais à rire comme des fous, à pleurer, tellement on riait.

Arthur, la bouche grande ouverte, suffoquait pendant qu'on se gondolait en tapant les mains dans le sable. Et nous, plus on regardait Arthur et son air choqué, plus on riait.

Quand la crise de fou rire est passée enfin, c'était comme si un mur était tombé entre nous. On a commencé à parler de nos bateaux, puis de nos profs, de nos vies, de nous…

Romain me posait plein de questions sur l'internat, sur la vie des îliens, pendant que mon petit frère coursait les crabes dans les rochers. Je n'avais plus peur de le regarder. J'avais oublié mes petites voix intérieures.

Je crois bien qu'on aurait pu passer la nuit à discuter en faisant couler le sable entre nos doigts si Arthur n'avait pas crié tout à coup :

– Il pleut !

En effet, il pleuvait, et dru ! Mais on ne s'était

aperçus de rien. Comme un écho, la voix de ma mère a retenti depuis la terrasse de l'hôtel :

– Il pleut !

Un grain phénoménal est passé au-dessus de nous, et on a eu juste le temps de courir tous les trois vers la maison, en abandonnant sur le sable les jouets d'Arthur.

J'ai pris un Coca, et Romain, une menthe à l'eau. Je m'en souviendrai toute ma vie, parce que ma mère fabrique elle-même son sirop de menthe et qu'il est d'un bleu-vert intense, exactement de la même couleur que les yeux de Romain.

C'était l'heure calme, à l'hôtel. Arthur était en train de gigoter dans son bain, et j'avais un bon quart d'heure de paix, avant qu'il ait fini de faire « pouet pouet » avec tous ses canards.

Ma mère nous avait proposé de prendre ce qu'on voulait en attendant que le grain passe. On s'est installés sur des tabourets devant le bar, pendant qu'elle faisait tranquillement ses comptes, sur une table où le couvert n'avait pas encore été mis.

La pluie tambourinait sur les baies vitrées et le bruit résonnait dans la salle déserte. Romain, sans doute un peu intimidé par les dimensions de la pièce et par la présence de ma mère, ne disait plus rien. Il détaillait les fanions, lampes tempête et instruments de navigation qui décoraient les murs.

Derrière le bar, il y avait une collection de coupes. Il les a désignées du menton :

– C'est toi, la championne de la maison ?

J'ai fait « oui » de la tête. C'étaient tous les trophées que j'avais remportés depuis cinq ans que je cours les régates de l'île : en Optimist, en Caravelle, en Laser... Romain s'est dressé sur son tabouret pour lire les inscriptions sur le socle, avant de lâcher un sifflement admiratif.

Du coin de l'œil, j'ai vu maman lever la tête de ses facturettes, et le petit sourire qui se dessinait sur ses lèvres a désagréablement vibré sur mes nerfs.

– Tu navigues, toi aussi, Romain ? a-t-elle demandé de sa voix la plus suave, celle qu'elle prend quand elle répond : « Hôtel du Phare, bonjour » au téléphone.

Romain a poliment expliqué que, oui, il était en seconde en sport-études voile, à Vannes, là où il habitait, et que son rêve, c'était de devenir moniteur de voile.

– Ah ! a fait ma mère, le sourire rivé aux lèvres, je comprends !

– Tu comprends quoi ? ai-je lancé en attrapant le glaçon du Coca avec mes doigts.

Je l'ai fait exprès : d'habitude, elle hurle dès qu'elle me voit mettre les doigts dans mon verre.

Mais elle a fait comme si elle n'avait rien vu et rien entendu, et elle a commencé à poser des tas de questions à Romain : si ce n'était pas trop dur, les cours et les entraînements de voile en même temps, et ce qu'il voulait faire après, et patati et patata… Les voilà partis tous les deux dans une grande conversation sur l'intérêt d'une telle section pour une jeune fille comme moi, passionnée de voile…

Pas moyen d'en placer une. Je bouillonnais. J'étais en train de me dire que j'allais les laisser causer de mon orientation scolaire pour aller regarder la télé quand Arthur a crié depuis l'étage :

– Julie, je veux sortir !

Sauvée par l'implacable chrono des « pouet-pouet » ! J'en ai profité pour sauter du tabouret. Mais j'ai mal calculé mon coup ; j'ai perdu l'équilibre, et je me suis retrouvée catapultée contre Romain, qui n'a eu que le temps d'ouvrir les bras pour amortir ma chute.

J'ai murmuré « merci », et je me suis écartée d'un bond. Trop tard, j'étais déjà devenue écarlate. Ma mère a détourné le visage, sans doute pour cacher un début de fou rire. Je l'ai mitraillée du regard et je me suis dirigée vers l'escalier.

Romain m'a suivie, après avoir salué ma mère.

– Tu peux dîner ici, Romain, a-t-elle dit avec sa voix « hôtel du Phare ». Il pleut encore des cordes…

J'en suis restée comme deux ronds de flan ! Pourquoi ne pas lui proposer le menu à vingt euros et une chambre avec vue sur la mer, pendant qu'elle y était !

Mais Romain a décliné son invitation, en expliquant qu'il était l'heure qu'il rentre, que son grand-père ne rigolait pas avec les horaires. Il m'a fait une bise, puis une autre ; entre les deux, j'ai eu le temps de plonger dans ses yeux. Quelques secondes d'apnée dans une eau tropicale…

Puis il est sorti de l'hôtel et il est passé de l'autre côté du rideau de pluie qui noyait l'île.

– Il est charmant, ce garçon, a fait ma mère dans mon dos.

Je n'ai même pas pris la peine de répondre. J'ai grimpé quatre à quatre les escaliers pour rejoindre Arthur, qui faisait furieusement clapoter l'eau du bain en criant : « Julie, Julie ! »

Chapitre 4

Plus de quinze jours que je n'avais eu de nouvelles de Luna. Autant dire une éternité. J'avais essayé de l'appeler un nombre incalculable de fois. Sa mère me disait qu'elle était complètement absorbée par ses répétitions. Et aussi, sans doute, par les beaux yeux de son metteur en scène… Elle a débarqué l'après-midi du 1er août, pendant que mon petit frère faisait sa sieste.

J'avais décidé de l'ignorer, histoire de lui

montrer qu'elle était une sacrée lâcheuse. À dire vrai, je n'avais pas beaucoup pensé à elle… Je passais mes après-midi à me balader à vélo avec Arthur, dans le siège enfant, et Romain. Et, tous les trois, on n'avait besoin de personne…

Luna était en pleine forme, et j'ai bien senti qu'elle avait quelque chose à me dire. Mais je faisais semblant de chantonner en écoutant la radio au casque. C'est mon côté rancunier, celui qui fait que Charly me qualifie de « tête de lard trop salé ». On était vautrées sur mon lit, toutes les deux, sans parler, quand soudain Luna a écarté un de mes écouteurs :

– Tu sais, Damien et moi…

– C'est qui, déjà, Damien ?

J'ai lâché ça de mon air le plus désinvolte. Mais elle a fait comme si elle n'avait pas entendu :

– On s'est embrassés, hier soir.

– Ah ouais ? ai-je fait en remettant l'écouteur en place.

Je mourais d'envie d'en savoir plus, mais pour rien au monde je ne le lui aurais montré.

– « Ah ouais ? » m'a singée Luna en roulant des yeux et en haussant la voix. Tu sais que t'es débile, des fois ?

– C'est toi qui es débile, avec ton Damien.

Luna a eu un petit rire que je n'ai pas aimé du tout, et elle a riposté aussitôt :

– Parce que tu crois qu'on ne vous a pas repérés, toi et ton Baron perché, hein ?

Celle-là, je ne m'y attendais vraiment pas. J'ai ôté les écouteurs aussi sec.

– Toute l'île est au courant, ma vieille, a-t-elle ajouté un ton plus bas. Je peux même te dire qu'hier vous étiez sur la lande de Locmaria, et avant-hier à la plage Saint-Jean...

C'est l'inconvénient d'habiter un endroit aussi petit : on ne peut pas se mettre le petit bout du petit doigt dans le nez, sans que tout le monde le sache.

Je me suis levée du lit pour attraper un CD sur la commode, et j'ai rétorqué :

– C'est juste un copain. D'ailleurs, Arthur est toujours avec nous.

Et, pour bien lui signifier que la conversation était close, j'ai de nouveau calé le casque sur mes oreilles, avec la musique à fond.

Elle a sorti un livre de son sac et elle l'a agité sous mon nez. C'était son *Roméo et Juliette*. Elle m'a dit quelque chose que je n'ai pas entendu. Alors d'un geste brusque elle a arraché le casque de sa prise. Un boucan d'enfer s'est élevé, et je me suis jetée sur le bouton de volume.

– Tu es folle ! Tu vas réveiller Arthur !

– Arrête de bouder. Je m'en fous, de tes histoires, je ne suis pas venue pour ça.

– Tu es venue pour quoi, alors ? Moi non plus, je n'ai pas envie de connaître tes histoires.

Elle a poussé un profond soupir :

– J'ai un mal fou à retenir mon texte. Fais-moi répéter...

– Je ne sais même pas de quoi ça parle...

– D'amour ! a fait Luna en retournant vers le lit, la main sur le cœur.

– L'amour, ça me gave.

– Menteuse !

Elle s'est assise en tailleur en face de moi et a commencé à me raconter avec des étoiles dans les yeux :

– Roméo et Juliette s'aiment, mais leurs familles sont ennemies depuis tellement longtemps que personne ne sait même plus pourquoi. Alors, leurs parents leur interdisent de se voir. Ils se marient en secret, et Juliette fait semblant de se suicider pour pouvoir s'enfuir avec lui. Mais Roméo croit qu'elle est vraiment morte, alors il se tue sur sa tombe. Et elle aussi, elle...

– STOP ! Ça me gave déjà...

Le tintement d'une sonnette de vélo m'a interrompue. Sous la fenêtre de ma chambre,

Romain me faisait de grands gestes du bras. J'ai senti que Luna s'approchait dans mon dos, et je me suis reculée aussi vite. Je lui ai fait face, l'index brandi, et j'ai lâché entre les dents :

– Je te préviens : tu fais le moindre commentaire, et je ne t'adresse plus jamais la parole.

Elle a levé les mains en l'air, les sourcils en accent circonflexe :

– Je sors par la porte de derrière. Personne ne me verra, ni ne m'entendra, promis-juré.

Elle a ramassé ses affaires qui traînaient sur mon lit et s'est dirigée vers la porte en sifflotant. La main sur la poignée, elle a lancé d'une petite voix aiguë :

– « L'amour, ça me gave. »

Heureusement qu'elle a vite fermé la porte ; sinon, à tous les coups, elle se serait pris mon casque sur la tête. Une fois dans l'escalier, elle a crié :

– À ce soir, au bal ?

Puis elle a dévalé les marches à toute vitesse.

***

Le bal du 1er août, sur notre île, c'est une institution.

Chaque année, tout le monde est d'accord pour dire que l'orchestre est pourri, la sono archinulle et la buvette beaucoup trop chère... Mais personne n'aurait l'idée de ne pas être là. Même maman, malgré tout le travail à l'hôtel, s'était débrouillée pour venir.

On est arrivés tard sur la place du port, un peu à cause de moi. Je ne sais pas pourquoi, cette soirée-là, j'avais envie qu'elle soit particulière. J'avais passé une heure devant mon placard, et autant de temps dans la salle de bains. Tout ça pour en arriver à la conclusion que toutes mes fringues étaient moches et que le violet sur mes yeux, c'était hideux.

Romain était assis sur les marches de l'église, à l'opposé de l'estrade. À le voir, les mains croisées sur les genoux et le regard en alerte, j'ai su qu'il m'attendait. Quelque chose comme une vague de chaleur a fondu sur moi.

Il s'est levé dès qu'il nous a vus, maman, Charly, Arthur et moi, et nous a fait signe. Arthur a lâché la main de son père pour lui sauter dans les bras. Et la tournée des bisous a commencé...

À ce moment-là, j'ai réalisé avec quelle facilité il avait mis tous les membres de ma famille dans sa poche. Et j'ai éprouvé un pincement de jalousie, comme si j'avais voulu le garder pour moi toute seule, comme si je ne voulais pas que le reste du monde sache combien il était sympa, intéressant, intelligent, sublime ! Bref, « charmant », pour parler comme ma mère. Si j'avais su…

Ma famille s'est dirigée vers la piste de danse éclairée par des guirlandes de couleur, et nous, on est restés un peu derrière, dans la pénombre.

En me faisant la bise, Romain a murmuré :

– C'est la première fois que je te vois en jupe. Ça te va très bien…

Dans le mille ! Je n'ai rien répondu, mais, intérieurement, je lui ai fait une bise supplémentaire. Romain, il a le don de taper où il faut pour faire des compliments qui touchent. Ce soir-là, précisément, j'avais l'impression d'être aussi élégante qu'un joueur de hockey sur glace. Je ne me mets pratiquement jamais en jupe. Même Charly avait fait : « Oh, oh, une fille à la maison ! » quand il m'avait vue sortir de ma chambre et descendre l'escalier, les mollets à l'air.

Romain et moi, on a fait deux fois le tour de la place, en parlant fort pour couvrir la musique. Le groupe enchaînait des reprises nulles qui devaient dater du top 50 d'avant la Deuxième Guerre mondiale. Sur la piste, j'ai aperçu Luna qui se trémoussait sur la lambada. Je n'ai pas pu m'empêcher d'être fière de ma meilleure amie. Quel que soit le genre de musique, elle sait toujours comment ça se danse.

Son Damien bougeottait vaguement en face d'elle, bien trop occupé à la dévorer des yeux pour suivre le rythme. Il m'a fait penser à Arthur hypnotisé par les quatre bougies de son gâteau, indifférent à la cire qui dégoulinait sur le chocolat.

– Tu veux danser? m'a soudain demandé Romain.

J'ai fait une petite grimace en fronçant le nez, et il a éclaté de rire avant d'enchaîner:

– Moi non plus, ce n'est pas trop mon truc.

Il m'a pris la main pour faire demi-tour.

– Alors, viens, on s'éloigne un peu. La musique est trop forte, on ne peut pas parler. Mais, d'abord, je veux te présenter quelqu'un…

Il m'a conduite de l'autre côté de la buvette, vers une table un peu à l'écart des autres où était assis un vieux monsieur en pantalon gris et chemise blanche. Il se tenait très droit, très chic avec ses mains posées sur le pommeau de sa canne et une allure royale qui détonnait sous les guirlandes de couleur.

– C'est mon grand-père, a fait Romain.

– Classe !

– Il est beaucoup plus gentil qu'il n'en a l'air. Viens, je tiens à ce qu'il te connaisse.

Le grand-père, très majestueux, s'est levé à notre approche et, l'espace d'une seconde, j'ai cru qu'il allait me faire un baisemain. Il s'est contenté d'un sourire chaleureux.

Mais, quand Romain m'a présentée, il m'a lancé un drôle de regard. Il a répété mon nom. Son sourire s'est effacé lentement ; il m'a examinée comme si j'étais un insecte mutant :

– Julie Verrier… Vraiment ?

Nouveau sourire poli. Puis il a ajouté en s'inclinant :

– Raoul Baron. Ravi de vous connaître, mademoiselle.

À défaut du baisemain, j'avais eu droit à la révérence…

À ce moment, j'ai entendu la voix de ma mère dans mon dos. Une voix coupante comme si j'avais fait une énorme bêtise.

– Julie, on rentre !

Je me suis tournée vers elle, sidérée. Elle

était dans l'ombre, à quelques mètres de nous, et je n'arrivais à distinguer que sa silhouette.

– Mais… on vient à peine d'arriver !

– Viens ici, je te dis.

Elle croyait quoi ? Que j'avais cinq ans ? Ulcérée, prête à protester, je me suis avancée vers elle, et ce que j'ai vu m'a stoppée net. Je me souviendrai toute ma vie de son visage à ce moment-là : elle était blanche à faire peur, ses yeux étaient fixes, comme morts, et ses lèvres tellement serrées que sa bouche se résumait à un trait. Elle regardait par-dessus mon épaule, vers Romain et son grand-père. On aurait dit qu'elle venait de croiser le diable. Elle a repris d'une voix rauque :

– Dépêche-toi.

Ma stupeur commençait à virer à la rage, mais j'ai compris qu'il se passait un truc grave et j'ai ravalé ma bile.

J'ai dit au revoir au grand-père, puis à Romain, et j'ai suivi ma mère avec l'envie de lui mordre les mollets. J'ai entendu un bruit de pas derrière nous : c'était Romain. Il m'a attrapée par les épaules et, dans la pénombre, il a posé ses lèvres sur les miennes, aussi légères qu'un papillon qui vient butiner une fleur…

Ça m'a coupé le souffle, j'ai senti mes jambes flageoler. Quand il a murmuré : « À demain », je n'ai même pas pu lui répondre.

Quand j'ai enfin repris mon souffle, il avait disparu dans la nuit, et ma mère m'appelait de sa voix de sorcière :

– Julie ! Tu te dépêches, oui ou non ?

Chapitre 5

Le lendemain, au petit déjeuner, ma mère avait toujours son air de statue de pierre : lèvres serrées, teint blafard et yeux absents.

À part « oui » et « non », elle semblait incapable de prononcer un mot. Encore moins de m'expliquer ce qui s'était passé la veille.

Son attitude était incompréhensible, pourtant quelque chose m'empêchait de lui poser des questions. Au moment où elle s'est levée pour débarrasser la table, j'ai trouvé le courage d'ouvrir la bouche, mais aussitôt Charly a mis discrètement un doigt sur ses lèvres. Puis il m'a fait un signe qui voulait dire : « Attends, je vais t'expliquer plus tard. »

Pendant que ma mère farfouillait dans le lave-vaisselle, il a lancé :

– Chérie, j'ai plein de commandes qui arrivent au bateau, ce matin. J'emmène Julie et Arthur au débarcadère avec moi, pour qu'ils m'aident. D'accord ?

C'est ainsi qu'on s'est retrouvés tous les trois dans la vieille Fiat Panda de Charly. J'étais sur des charbons ardents. Arthur était tout excité, comme à chaque fois qu'on va au débarcadère. La manœuvre, l'agitation du débarquement, le bras articulé qui décharge les containers avec les courses des insulaires ; c'est toujours un moment magique pour les enfants de l'île.

Charly s'est garé près du port, et on a laissé Arthur dégringoler vers le quai pour retrouver ses copains sur la cale. L'*Enez* était encore loin sur la ligne d'horizon, et mon beau-père m'a proposé de faire un petit tour sur le chemin des douaniers qui serpente entre les touffes de genêts. J'ai compris qu'il voulait me parler tranquillement, et je l'ai suivi.

Il a fait quelques pas en fixant le bout de ses

chaussures, puis il a obliqué vers le cimetière qui surplombe la baie. Il commençait à me fatiguer avec ses airs constipés.

– Alors ? Tu m'expliques pourquoi maman a l'air frappée par la foudre depuis hier ?

Il s'est assis sur un rocher et m'a fait signe de venir à côté de lui. De là, on voyait les vieilles croix de pierre alignées qui se découpaient sur le ciel.

La tombe de mon père se trouve près la mer, au bord de la falaise. Elle est toujours fleurie, même en hiver, parce que ma mère y vient régulièrement pour planter des arbustes de l'île : des genêts, des ajoncs ou des bruyères, selon la saison.

Charly m'a posé une drôle de question : il m'a demandé si je me souvenais de mon père. J'ai fait « non » de la tête. J'ai cru bon de lui rappeler que j'avais deux ans à l'époque, et que forcément je n'avais aucun souvenir.

Il a poursuivi, les yeux fixés sur l'horizon :

– Qu'est-ce que tu sais de sa mort ?

– Qu'un soir il a été tué sur le coup par un chauffard, alors qu'il était en train de faire son footing sur la route des falaises.

Charly a hoché la tête avec gravité.

– Un chauffard, oui… qui roulait à presque

100 km/h, avec 1,5 gramme d'alcool dans le sang…

J'ai hoché la tête à mon tour, interloquée. Qu'est-ce qu'il essayait de me dire ? Après un long silence, il a continué d'une voix étouffée :

– Et ce chauffard, tu sais comment il s'appelait ?

– Non.

– Il s'appelait Fabrice Baron. Et c'est le père de…

Sa voix s'est étranglée, mais je n'avais pas besoin d'entendre la fin de sa phrase pour comprendre. Ma tête s'est mise à tourner, tourner. L'univers autour de moi s'est enfoncé dans le coton. Fabrice Baron, le père de…

Mes yeux étaient fixés sur les taches mauves des bruyères sur la tombe. Le vent les faisait frémir légèrement, et c'était tellement beau de les voir s'agiter sur le fond bleu étincelant de la mer que j'ai eu envie de pleurer.

La sirène de l'*Enez* annonçant l'entrée du bateau dans la baie a retenti. Charly s'est levé de son rocher de granit et m'a tendu la main :

– Viens, il faut qu'on descende. Je n'aime pas laisser Arthur seul sur le quai pendant les manœuvres.

Je me suis levée comme un automate pour

suivre mon beau-père. Mes jambes étaient devenues deux blocs de pierre. Je me répétais intérieurement : « C'est un cauchemar, je vais me réveiller. »

Ce n'était pas possible. Le garçon le plus attirant, le plus sympathique, le plus intéressant que j'aie rencontré ne pouvait pas être le fils de l'assassin de mon père ! Non, le hasard ne pouvait pas être aussi cruel.

***

Quand on est rentrés à la maison, ma mère avait fort à faire avec un groupe de touristes hollandais qui venait d'arriver. C'était très bien comme ça. Je me sentais incapable d'affronter son regard.

Charly et moi, on a rangé toutes les courses pendant qu'Arthur suçait son pouce devant la télé. Ça nous a pris une bonne heure, tellement il y avait de colis, une heure pendant laquelle on n'a pas échangé un mot. Ensuite, j'ai prétendu que j'avais mal à la tête et qu'il fallait que je m'allonge.

– Pas de soucis, ma belle, a dit Charly. Va te reposer, je m'occupe d'Arthur.

Un jour, je lui offrirai la médaille de la compréhension, à mon beau-père, et je vous jure qu'elle ne sera pas en chocolat !

Je me suis étendue sur mon lit. J'ai fermé les yeux, et j'ai essayé de faire le tri dans cet espèce d'immense foutoir glacé qu'était devenue ma vie. Je revoyais le face-à-face lugubre entre ma mère et le grand-père de Romain, les bruyères qui s'agitaient sur la tombe de mon père et les grands yeux verts et souriants qui me faisaient chavirer le cœur.

Ça tournait si fort dans ma tête que j'ai dû m'asseoir au bord de mon lit. Prise d'une impulsion, je me suis levée d'un bond et j'ai dévalé les escaliers.

À la réception, ma mère était toujours en grande discussion avec les touristes hollandais. Elle s'est interrompue en me voyant passer comme une tornade, et elle m'a appelée.

J'ai crié sans m'arrêter :

– Je reviens dans une heure.

J'ai enfourché mon vélo et j'ai foncé droit devant, direction la maison des Baron, grand-père, père et fils.

***

En me rapprochant de l'immense propriété

et de ses imposants murs de clôture en granit, je me suis soudain sentie toute petite. Qu'est-ce que j'allais faire en arrivant là-bas ? Carillonner jusqu'à ce que le grand-père vienne m'ouvrir avec une révérence et des yeux de tueur ? Ou bien escalader en douce les murs de granit, quitte à me faire dévorer par une horde de chiens méchants ?

Je n'ai même pas eu à sonner : Romain était en train de repeindre l'immense portail de l'entrée. Quand il m'a vue, une lueur de surprise a traversé ses yeux, aussitôt remplacée par un éclair de joie, qui a illuminé son regard. Il avait l'air si heureux de me voir que, de nouveau, les larmes m'ont chatouillé les cils.

Il a laissé tomber son pinceau dans l'herbe, a pris le guidon de mon vélo pour le poser contre le mur de l'enceinte et m'a attrapée par le bras :

– Julie… Qu'est-ce qui se passe ?

Sa voix était si douce, si tendre et si inquiète que mes larmes ont roulé toutes seules.

– Viens à la maison…

Je me suis écartée comme s'il m'avait piquée :

– Non !

– Il n'y a personne. Viens te reposer à l'intérieur.

– Non !

Alors, il m'a attirée de l'autre côté de la route, au bord de la falaise, et on s'est assis derrière un énorme rocher qui nous abritait des regards.

– Julie... Si tu m'expliquais ?...

J'ai réussi à me calmer un peu, et je me suis rendu compte avec horreur que j'étais incapable de parler, tellement j'avais envie de me moucher. Avec un hoquet, j'ai demandé :

– Un Kleenex, par hasard ?

Il sorti de sa poche un chiffon taché de peinture bleu roi et me l'a tendu en faisant une grimace si piteuse que je n'ai pas pu m'empêcher de sourire. J'ai inspiré un grand coup avant de me lancer :

– Ton grand-père ne t'a rien dit ?

Il a fait « non » avec la tête, l'air de plus en plus surpris.

– Tu ne sais pas ce qui s'est passé ici, il y a douze ans ? Tu n'as jamais entendu parler d'un accident, d'un piéton tué par une voiture ?

Sous la mitraille de mes questions, j'ai vu ses grands yeux s'écarquiller :

–Julie, pourquoi tu es agressive comme ça ?

–Je ne suis pas agressive ! Je veux une réponse.

Sans m'en rendre compte, je m'étais mise à

hurler. Romain s'est levé brusquement, il a fait quelques pas en direction de la falaise avant de répondre sans me regarder :

– Je me souviens vaguement de cette histoire d'accident. Je devais avoir quatre ou cinq ans à l'époque. C'était juste avant le divorce de mes parents... J'ai assisté à une scène très violente entre eux, où j'ai entendu ma mère dire des choses terribles à mon père...

– Quelles choses ?

Ma voix était si dure, si coupante, qu'elle m'a effrayée moi-même.

– Elle lui a dit qu'elle n'oublierait jamais. Elle l'a traité d'ivrogne... d'assassin...

Il s'est tourné d'un coup vers moi. Son visage était décomposé, et j'ai su que ce n'était pas seulement à cause de la scène qu'il venait de me raconter. Romain venait de comprendre, lui aussi. Il a murmuré d'une voix bouleversée :

– Ce n'est pas possible... C'est un mauvais rêve !

Exactement ce que j'avais pensé quelques heures plus tôt...

Je ne sais pas combien de temps nous sommes restés immobiles, les yeux dans les yeux. J'avais le sentiment que, lorsque nos regards se sépareraient, le monde autour de nous s'écroulerait.

Romain est revenu s'asseoir à côté de moi, il a pris le chiffon plein de peinture que j'étais en train de martyriser avec mes doigts et il a doucement essuyé mes joues trempées.

Puis il m'a serrée dans ses bras et s'est mis à me bercer, comme si j'avais été un bébé angoissé.

– Ce n'est pas nous, Julie… Tu comprends ? Ce n'est pas notre faute. Ce n'est pas notre histoire ; c'est fini, c'est le passé. Nous, on n'a rien à voir avec ça…

Je faisais « oui » de la tête, parce que j'étais bien dans ses bras, à respirer son odeur et à sentir la caresse de sa main sur ma nuque. Mais, au fond de moi, je n'arrivais pas à croire que ce serait aussi simple.

Il s'est écarté de moi, a pris mon visage entre ses mains et, les yeux plongés dans les miens, il a murmuré :

– Nous, on…

Il a rapproché ses lèvres des miennes. J'étais pétrifiée, incapable de bouger. Depuis, j'ai revécu cette scène à peu près un milliard de fois. Au ralenti, en accéléré, les yeux fermés ou ouverts, je ne me souviens que d'une chose : il n'y avait plus ni peur, ni tristesse, ni révolte, juste une explosion de bonheur, un feu d'artifice qui a secoué toutes les fibres de mon corps.

Chapitre 6

Lorsqu'on s'est quittés, Romain et moi, l'après-midi était déjà bien avancé. On avait discuté pendant des heures en grignotant des chips, et je n'avais pas vu le temps passer.

Je suis montée sur mon vélo et j'ai pris la route du retour en lui disant : « À demain. » J'étais remontée à bloc, les yeux secs et le cœur gonflé à l'hélium. Je pédalais en chantonnant : « Je l'aime, il m'aime » au rythme du grincement de la chaîne de mon vieux vélo.

Bref, un bonheur clair comme un matin de printemps…

À force d'entendre Romain répéter qu'on n'y était pour rien, et qu'on n'avait pas à payer pour le passé, j'avais réussi à me convaincre que tout allait bien se passer à la maison. Au pire, ils s'énerveraient parce que je rentrais un peu tard…

Mais plus je m'approchais de l'hôtel, moins je me sentais rassurée. Comme si chaque coup de pédale mettait entre Romain et moi un mur de brouillard…

La salle du restaurant était pleine. Ma mère n'était ni à l'accueil, ni en cuisine, ni au bar. Chose inhabituelle, c'était Charly qui tenait la réception. Il n'a fait aucun commentaire en me voyant arriver et m'a juste demandé si j'avais faim. Ma gorge s'est resserrée : tant de gentillesse alors que j'avais trois heures de retard, ce n'était pas normal.

J'ai répondu : « Non, merci, pas faim », et j'ai grimpé les escaliers sans un mot de plus. J'ai pensé que ma mère devait être en haut, en train d'accomplir le rituel du coucher d'Arthur : livre, bisou, chanson, re-bisou, pipi et re-bisou. Ça tombait bien, je n'avais envie de voir personne.

Je suis entrée dans ma chambre et, là, j'ai eu

un choc. Maman était assise sur mon lit, dans la pénombre. Elle n'a pas fait un geste en m'entendant. Si elle n'avait pas parlé, j'aurais pu croire qu'il s'agissait d'une projection en trois dimensions.

– Où étais-tu ?

Encore sa voix de spectre.

Je n'ai pas répondu. J'ai fermé les volets et j'ai branché la prise anti-moustique comme si de rien n'était. Elle s'est levée, s'est approchée de moi et a répété un peu plus fort :

– Où étais-tu ?

J'ai pris le temps de respirer à fond avant de répondre :

– Avec Romain.

– Je ne veux plus que tu le voies.

Ses yeux étaient sombres et glacés, ses mains tremblaient, et je voyais les veines de son cou se tendre comme des cordes.

Je me suis lancée dans la grande tirade qu'on avait préparée, Romain et moi : ce n'était pas notre faute, ce qui était arrivé ; on n'était pas responsables ; elle-même avait trouvé Romain charmant…

Mais elle m'a coupé la parole d'une voix grondante comme le vent de l'ouest, celui qui annonce les tempêtes :

– Je n'ai rien contre lui. Mais je t'interdis de fréquenter qui que ce soit de cette famille.

– Mais, maman, il ne voit quasiment jamais son père. Ses parents se sont séparés à cause de ça, de… de ce qui est arrivé à papa.

Son visage s'est crispé comme si elle avait avalé un poison amer ; mais je ne me suis pas laissé démonter. J'ai poursuivi :

– C'est la première fois depuis plus de dix ans que Romain vient chez son grand-père…

– Le grand-père ! a hurlé ma mère. Sais-tu ce qu'il a fait, le grand-père, après l'accident ?

J'ai fait « non » de la tête, terrifiée d'avance par ce que j'allais apprendre.

– Il m'a proposé de l'argent pour que je ne porte pas plainte contre son assassin de fils ! Il est riche, le grand-père ! C'est quelqu'un de bien, un grand chef d'entreprise… Ça ne lui a pas plu que je le mette à la porte, avec son maudit chèque !

Je ne l'avais jamais vue dans un état pareil. Douze ans après, la colère brillait encore dans ses yeux comme un feu de forêt. Elle a poursuivi :

– Mais il n'avait pas besoin de mon accord, le cher grand-père ! Il a fait marcher ses relations, et le papa du charmant Romain n'a jamais été jugé.

Elle est partie d'un rire affreux, un rire de sorcière qui m'a déchiré les oreilles :

– Il faisait presque nuit, ton père courait au milieu de la route : voilà les conclusions de l'enquête. Personne n'a jamais dit que Fabrice Baron était ivre mort !

– Maman…

Je me suis effondrée sur la chaise de mon bureau, la tête bourdonnante. Je ne voulais plus rien entendre, je ne supportais plus qu'on me parle de cette histoire. J'ai murmuré, suppliante :

– Je t'en prie. Il faut pardonner… J'aime Romain.

Alors, elle m'a giflée. De toutes ses forces, comme elle ne l'avait jamais fait, comme si je n'étais pas sa fille. À ce moment-là, j'ai décidé qu'elle n'était plus ma mère.

Elle a crié :

– Pauvre idiote !

– Pauvre folle !

C'était sorti de ma bouche sans que je puisse y faire quoi que ce soit. Et c'est vrai qu'elle avait l'air d'une folle, avec son visage défait et ses yeux hagards. On s'est affrontées du regard toutes les deux, pendant un moment qui a duré une éternité. Je retenais mes larmes de douleur, de rage, d'humiliation…

Ensuite, je ne sais plus très bien ce qui s'est passé. J'ai dû dévaler l'escalier et sortir en courant dans la nuit. Je me suis retrouvée dans la lande, à foncer droit devant moi. Les yeux me brûlaient, ma joue était comme marquée au fer rouge. Au bout d'un moment, je me suis aperçue qu'il pleuvait à verse et qu'il n'y avait plus aucune lumière autour de moi, à part le faisceau du phare.

Il n'y avait qu'un seul endroit où je pouvais me réfugier : ma grotte.

***

Je devrais dire « notre » grotte, puisque cet endroit, nous l'avions découvert ensemble, Luna et moi. C'est un trou que la mer a creusé dans les rochers, il y a des milliers d'années, quand notre île était encore rattachée à la terre, un trou assez grand pour qu'on puisse s'y tenir debout.

La mer ne monte jamais assez haut pour l'inonder ; mais, pour y parvenir, il faut attendre la marée basse. Et surtout, il faut connaître le chemin et ne pas avoir peur de descendre à quatre pattes un à-pic de rochers.

Lorsque le hasard nous a fait trouver cette grotte des années plus tôt, nous avons décidé d'en faire notre lieu « archéologique » à nous et de la remplir de nos trésors.

On a enfoui des boîtes en fer sous les rochers, en pensant à la prochaine guerre atomique et aux hommes des générations futures qui découvriraient cet endroit quand le reste de la planète aurait été détruit. Grâce à tout ce que nous y avions entreposé, ils pourraient imaginer à quoi ressemblait la vie de deux petites filles avant le cataclysme…

Ça faisait bien longtemps que je n'y étais plus allée, mais j'aurais retrouvé le chemin les yeux fermés… Le puissant faisceau du phare de la pointe du Poulain m'éclairait toutes les cinq secondes. J'ai commencé la descente au milieu des rochers, avec le sentiment de me lancer sur un toboggan huilé, tellement ça glissait.

Une fois dans la grotte, je me suis calée contre la paroi, trempée comme une soupe, grelottant de froid et morte de faim. J'ai réalisé que je n'avais rien mangé, excepté les chips de Romain.

Je savais que, quelque part sous une pierre, je trouverais le « coffre aux miraculées » : une vieille boîte à outils en fer, dans laquelle nous avions entassé de quoi survivre, au cas où, Luna et moi, on aurait résisté aux radiations.

Dans le noir, c'était un peu compliqué de le retrouver. J'ai d'abord exhumé la « boîte aux favorites », avec nos Barbies fétiches, puis la « caisse aux merveilles », avec nos livres préférés. Le tout était à moitié pourri, plein de sable et rongé par l'air salin. Ça m'a fait un choc de retrouver tous ces morceaux de mon enfance. J'ai eu l'impression d'avoir grandi d'un coup.

J'ai enfin réussi à mettre la main sur ce que je cherchais. Lampe de poche, couverture, T-shirts et pulls, saucisson et biscuits : tout ce qu'il me fallait. Il y avait même une gourde, mais l'eau avait un goût tellement écœurant que je l'ai crachée avec l'envie de vomir. Le saucisson et les biscuits étaient réduits à l'état de poussière.

Quant aux vêtements, ils étaient évidemment trois fois trop petits, mais j'ai quand même réussi à enfiler un pull irlandais bleu outremer, que maman m'avait tricoté l'hiver de mes neuf ans.

Je me suis rappelé comme elle était contente, le soir où elle l'avait terminé, comme ses yeux brillaient alors que je l'essayais.

Il était très beau, il m'allait bien ; alors, quelques jours plus tard, quand je lui ai dit que je l'avais perdu, elle m'a passé un sacré savon.

J'avais inventé une histoire embrouillée parce que je ne voulais pas lui parler de nos coffres postatomiques. C'était top secret, entre Luna et moi.

Comment aurais-je pu lui expliquer que son pull était en sécurité, dans une grotte où j'avais entreposé des choses précieuses, que j'aimais beaucoup ?

Comment lui dire que, précisément, j'avais choisi ce pull, parce qu'il représentait l'amour de ma mère, et que je voulais l'avoir avec moi pour me réconforter et me tenir chaud quand la folie des hommes aurait dévasté la planète ?

Pourquoi, sans le vouloir, fait-on de la peine à ceux qu'on aime, alors que tout ce qu'on désire, c'est les protéger ?

C'était trop de questions pour une fille affamée, épuisée et seule au monde. Même si j'avais décrété que j'étais définitivement orpheline, à cet instant, j'aurais donné n'importe quoi pour être dans les bras de ma mère.

Je me suis roulée en boule au fond de la grotte, dans la couverture qui sentait le moisi, avec mon pull trop petit, dont les emmanchures me sciaient les aisselles, et j'ai fini par m'endormir, bercée par le bruit du ressac qui cognait contre les rochers.

Chapitre 7

Je me suis réveillée en sursaut, avec la sensation qu'il y avait quelqu'un dans la grotte. Accroupie à quelques pas de moi, Luna tripotait une Barbie à moitié chauve, qu'elle avait sortie du coffre aux favorites. Je me suis étirée avant de m'asseoir dans le sable et je me suis frotté les yeux. Ma montre marquait huit heures ; par l'ouverture de la grotte, je voyais briller un grand ciel bleu.

– Ça va ? m'a demandé Luna sans cesser de

jouer nerveusement avec le cadeau d'anniversaire de ses sept ans.

Sa voix était tendue, je la sentais prête à exploser. J'ai répondu, l'air le plus dégagé du monde :

– Impec'.

C'était pure bravade : mon corps était dur comme un morceau de bois et mon estomac criait famine.

– Tu as bien dormi ? a poursuivi Luna

– Comme un bébé.

– Tant mieux ! Parce que, nous, on a passé une nuit blanche !

J'ai pris une petite voix innocente pour demander :

– Qui ça, « nous » ?

– Moi, ma mère, la tienne, Charly et quelques autres personnes de l'île qui tiennent à toi…

Je savais que ce n'était pas une question à poser, mais elle me brûlait les lèvres, et je n'ai pas pu me retenir :

– Et Romain, aussi ?

– Pas que je sache, a répliqué sèchement Luna. En tout cas, à ma connaissance, personne ne l'a averti de ton… de ta fugue.

Elle arrachait des touffes de cheveux grisâtres à la pauvre Barbie. J'ai lancé, histoire de détendre l'atmosphère :

– Si c'était pour la scalper, mieux valait la laisser dans son sarcophage !

Elle a lancé la poupée contre la paroi avant de lâcher, excédée :

– Bon, on rentre ?

– Non.

Elle a enfin tourné la tête vers moi. Ses joues étaient rouges de colère :

– Et tu comptes rester longtemps ici ?

– Je ne compte pas rentrer chez moi, en tout cas.

Elle s'est levée d'un bond et m'a fait face, les mains sur les hanches.

– Qu'est-ce que tu crois, Julie ? s'est-elle exclamée. Que tu peux faire des caprices, comme quand tu avais six ans ? Ta mère est folle d'inquiétude, tout le monde est mort de frousse. Les gens de l'île ont promis de commencer une battue si tu n'es pas rentrée à midi, et…

– Je te dis que je ne veux pas rentrer, que…

– Et moi, je veux que tu écoutes…

Et elle a continué d'une traite, sans respirer : Charly avait passé la nuit dans sa voiture à écumer les routes de l'île. Véronique pleurait sans s'arrêter, Arthur était blotti dans un coin et refusait de bouger tant que je ne serais pas rentrée. Les gendarmes étaient sur le pied de guerre, prêts à appeler l'hélicoptère de la Sécurité civile. Il ne manquait plus que le GIGN et la cellule de crise de l'Élysée. Tout ça pour une gamine qui boudait dans un trou de rocher !

Je me suis sentie un peu honteuse en l'écoutant évoquer le chamboulement que j'avais provoqué. Mais il n'était pas question que je faiblisse.

– Je ne peux pas, Luna, ce n'est pas possible. C'est trop grave, ce qui s'est passé.

Elle a levé les yeux au ciel et elle a regardé autour d'elle, comme si elle cherchait quelque chose à mordre :

– Il s'est passé quoi, exactement ?

– Au cas où tu ne serais pas au courant, ma mère m'a interdit de voir Romain.

– Ce qui me semble normal, vu les circonstances.

J'ai bondi sur mes pieds. C'était à mon tour d'être en colère :

– Tu trouves ça *normal* ? Et tu prétends être mon amie ? Mets-toi cinq minutes à ma place, hein, avec ton beau Damien…

Elle a haussé les épaules et a pris son air de grande sœur, qui me met les nerfs en pelote :

– Et, toi, mets-toi cinq minutes à la place de ta mère…

– Ah oui ? Explique-moi pourquoi je devrais renoncer à l'amour de ma vie, alors que…

Je me suis interrompue en voyant l'espèce de sourire narquois dont me gratifiait Luna :

– L'amour de ta vie ! Julie, arrête un peu, tu veux bien ! D'accord, c'est pas très marrant, ce qui t'arrive. Mais, si tout va bien, il te reste à peu près soixante-quinze années à vivre et soixante-quinze millions d'amoureux potentiels sur la surface de la Terre. Romain, tu l'oublieras, et…

J'ai hurlé de toutes mes forces :

– Va-t'en !

– Mais…

– Dégage !

Je sentais les larmes s'accumuler derrière mes paupières. Jamais, jamais je n'aurais imaginé que ma meilleure amie puisse me parler comme ça. Être trahie par Luna, c'était pire encore qu'être giflée par ma mère…

– Julie, excuse-moi, je ne voulais pas…

Elle s'est approchée et a tendu une main vers moi. Je me suis reculée d'un bond :

– Va-t'en d'ici ! Je ne veux plus jamais te voir.

Je tremblais de la tête aux pieds. Je me suis réfugiée au fond de la grotte et je me suis laissée tomber dans le sable, la tête entre les jambes. Je ne voulais pas que Luna me voie pleurer. Elle a insisté :

– Julie, s'il te plaît…

J'ai dit : « Non », sans lever la tête. Elle est restée immobile pendant un long moment. Puis j'ai entendu un bruit de pas qui s'éloignaient. J'ai retenu mes larmes jusqu'à ce que le crissement des baskets sur le sable s'éteigne.

Je n'avais plus d'endroit où aller, plus de famille, plus d'amoureux, plus d'amie. Je n'avais plus envie de vivre.

Il me suffisait de compter jusqu'à cent, de remonter la paroi sur dix mètres, puis de me laisser glisser du haut de la falaise. En bas, la mer m'ouvrirait ses bras pour toujours…

J'avais à peine compté jusqu'à vingt-cinq, que j'ai entendu un hurlement de douleur, suivi par un « Julie ! » épouvanté. D'un bond, j'ai foncé hors de la grotte.

***

Peut-être bien que Luna m'a sauvé la vie, ce jour-là. Peut-être que, sans cette algue qui l'a fait tomber, je me serais jetée de la falaise… Je l'ai trouvée quelques mètres plus bas, allongée sur une pierre plate, en train de gémir. Elle se tenait la cheville :

– J'ai glissé sur un goémon. J'ai mal, je n'arrive plus à me relever.

Je me suis approchée et j'ai examiné sa jambe, qui commençait à enfler et à devenir bleue. La mer montait à toute vitesse, je savais qu'il nous restait à peine une demi-heure avant que la marée ne recouvre le chemin d'accès.

J'ai attrapé Luna par les bras pour l'aider à se relever. Elle a réussi à se mettre debout ; mais, dès qu'elle a posé son pied par terre, elle a fait une horrible grimace de douleur.

– Je n'y arriverai jamais, a-t-elle lâché dans un souffle.

– N'importe quoi ! Je vais te soutenir, et tu vas voir que tu y arriveras…

Je ne sais pas comment on a fait pour se hisser en haut des rochers. Ce doit être ce qu'on appelle l'énergie du désespoir. Luna grimaçait à chaque pas et s'arrêtait tous les deux mètres pour reprendre son souffle. Une fois dans la lande, ça a été plus facile. Elle s'appuyait sur mon épaule et avançait à cloche-pied.

Il était tôt et, heureusement, on n'a croisé

personne, à part un couple de touristes, tout surpris par ces deux filles aux airs farouches qui avançaient clopin-clopant au milieu des fougères.

On a coupé à travers champs pour rejoindre la maison de Luna.

En voyant dans quel état se trouvait sa fille, Nathalie, la mère de Luna, a poussé un grand cri :

– Vite, un médecin !

Elle n'a pas perdu de temps à poser des questions : elle a bondi sur son téléphone pour appeler Charly. Le piège se refermait sur moi…

– Tu ne l'aurais pas fait exprès, par hasard ? ai-je demandé à Luna, qui s'approchait avec mille précautions d'un des transats de la terrasse.

– Bien sûr que si ! Tu sais bien que je donnerais mes deux jambes pour mon amie Julie.

En s'asseyant, elle a cogné sa cheville contre un des montants en bois et une grimace de douleur a déformé son visage. Elle est devenue toute blanche et a appuyé la tête contre la toile du transat.

Je me suis installée à côté d'elle et je lui ai pris la main. Une boule dans la gorge, je n'arrêtais pas de me répéter : « C'est ma faute, c'est ma faute... » Mais rien ne sortait de ma bouche ; tout ce que je pouvais faire, c'était presser très fort la main de Luna.

Nathalie est revenue sur la terrasse et a déclaré :

– Charly arrive dans dix minutes. Je l'ai prévenu que Julie était ici.

Elle s'est penchée pour examiner la jambe de sa fille, puis elle lui a embrassé doucement le front avant d'ajouter :

– Bon, il faut que j'appelle au boulot pour dire que je n'irai pas travailler aujourd'hui.

Elle est retournée dans la maison en me lançant au passage un regard sévère. J'étais dans mes petits souliers. Entre mon beau-père qui allait arriver, Nathalie qui me jetait des regards noirs et Luna qui serrait les paupières de douleur...

Je lui ai demandé :

– Ça va ? Tu n'as pas trop mal ?

Sans ouvrir les yeux, elle a murmuré :

– Non. Ce n'est pas grave, Julie...

Ah bon ? J'avais semé la panique dans ma famille, perdu à tout jamais mon amoureux ; à cause de moi, ma meilleure amie avait la jambe cassée... Et ce n'était pas grave ?

Chapitre 8

– Une splendide entorse et un magnifique hématome..., a fait Charly avec une moue de connaisseur en manipulant doucement la cheville de Luna. Quinze jours d'arrêt total, sans poser le pied par terre.

– Oh, non ! a murmuré Luna. C'est tout ce que t'as comme diagnostic à ta disposition ?

Elle faisait une tête d'enterrement : yeux écarquillés, bouche grande ouverte et mains crispées sur les joues.

– Allez, courage ! a ajouté mon beau-père en sortant une bande de *strapping* de sa sacoche. On va te chouchouter pendant deux semaines, et après il te restera encore quinze jours de vacances pour faire l'idiote dans les rochers…

Ça n'a pas déridé Luna. Je savais à quoi elle pensait : les vacances, ce n'était pas très grave. Ce qui comptait, c'était la pièce de théâtre, les répétitions avec son Damien et puis la représentation…

Je n'étais pas la seule à avoir compris. Nathalie se mordillait les joues, l'air drôlement ennuyé. Elle aussi savait combien le spectacle était important pour sa fille.

Charly bandait soigneusement le pied de Luna. Un silence de plomb est tombé sur la terrasse. Comme si un nuage s'était arrêté au-dessus de nous, un nuage de pluie brûlante qui ne demandait qu'à exploser sur nos têtes.

Nathalie a poliment proposé de nous préparer un petit déjeuner. J'ai levé des yeux lumineux, ma faim avait depuis longtemps dépassé les limites du supportable.

Mais mon beau-père a secoué la tête. Depuis qu'il était arrivé, il ne m'avait pas accordé un regard, pas adressé une seule parole. À croire que j'étais transparente.

– Non, il est temps que je ramène Julie à la maison…

Il n'y avait rien à répondre, ce n'était pas une proposition. Il fallait rentrer à la maison, point final.

Rentrer à la maison ! J'imaginais le scénario : les reproches de ma mère, les regards accusateurs de Charly, les questions d'Arthur… Un vrai cauchemar.

– Non, a fait soudain Luna. Julie reste ici quelques jours.

On s'est tous regardés, sidérés par l'aplomb avec lequel elle avait lancé ça. Elle a ajouté, d'un air un peu moins autoritaire :

– Enfin, je crois que ce serait bien si Julie pouvait rester un peu avec nous…

– Euh…, a hésité Charly, je ne suis pas sûr que ce soit une bonne idée.

Je me suis sentie devenir rouge comme une tomate. Je comprenais bien ce que voulait dire sa remarque : j'avais un certain nombre de choses à régler, à la maison.

Luna n'a pas répondu tout de suite. Elle m'a regardée en silence, avec une lueur de complicité dans les yeux. Un léger sourire flottait sur ses lèvres.

– Tu as peur de t'ennuyer ? a demandé sa mère avec gentillesse.

– Non, ce n'est pas ça. Simplement, je crois que Julie est responsable de ce qui m'arrive et qu'elle mérite une punition…

Ça devenait de plus en plus incompréhensible. Comment est-ce qu'elle entendait me faire payer son entorse? Elle a poursuivi:

– Je ne pourrai pas jouer Juliette, avec le club de théâtre. La représentation est prévue dans une semaine. Et personne ne peut me remplacer, comme ça, au débotté. Personne, sauf Julie.

J'ai cru que j'allais m'étouffer.

– Moi? T'es folle? Je ne suis même pas capable de retenir une seule fable de La Fontaine en entier!

– Ce sera ça, ta punition! Je vais te faire rentrer le texte dans le crâne à coups de polochon, on va bosser nuit et jour pendant une semaine, et je te garantis que tu sauras ton rôle sur le bout des doigts…

– Moi, ça me va, a déclaré Nathalie avec un petit rire joyeux.

Charly n'en finissait pas de nous scruter à tour de rôle, comme si nous étions un trio de cinglées.

– Moi, ça me va très bien, a répété la mère de Luna. J'aime autant que Luna ne soit pas toute seule à la maison quand j'irai travailler. Qu'en penses-tu, Charly ?

Visiblement, Charly avait du mal à penser quoi que ce soit. Il a balbutié :

– Je ne sais pas... Il y a Arthur, normalement, c'est Julie qui s'occupe de lui.

Nathalie s'est penchée vers lui et a poursuivi à voix basse, assez fort pourtant pour que je l'entende :

– Il vaut peut-être mieux attendre que les choses se tassent, avant de laisser la mère et la fille s'expliquer...

Je l'aurais embrassée. Oui, c'était de ça que j'avais besoin : un peu de temps avant de revoir ma mère, un peu de tranquillité pour tout remettre en ordre dans ma petite personne qui venait de subir un sacré court-circuit.

– Peut-être..., a répondu mon beau-père. Mais c'est à Véronique de décider...

Nathalie s'est levée d'un bond en s'exclamant :

– Je vais l'appeler tout de suite !

C'était dans la poche ! Nathalie allait trouver les mots pour parler à ma mère. Elle n'était pas sa meilleure amie depuis quinze ans pour rien !

En effet, quand la mère de Luna est revenue quelque temps plus tard, elle avait un petit sourire au coin des yeux. Elle tenait à bout de bras un magnifique plateau de petit déjeuner qui m'a fait aussitôt saliver.

Avant de repartir dans sa vieille Panda, Charly m'a adressé un clin d'œil qui a achevé de me réconforter.

– Bon, Julie, prends soin de ton amie.

Il a hésité, comme s'il avait quelque chose à ajouter, mais il s'est contenté d'agiter la main à travers la portière :

– Travaillez bien, les filles !

Je l'ai regardé slalomer entre les ornières pleines d'eau du chemin, et un petit rire idiot a jailli de mes lèvres, en même temps qu'un flot de lait-céréales chocolatées.

– Qu'est-ce qui t'arrive ? a demandé Nathalie.

– C'est quand même trop..., ai-je fait, en essuyant les miettes dégoulinantes dont je m'étais aspergée.

– Mais quoi ? a insisté Luna.

– Julie qui joue Juliette ! À cause d'un Roméo qui s'appelle Romain.

Elles m'ont regardée comme si j'avais lâché

une insanité, puis on est parties toutes les trois d'un fou rire.

***

Notre soirée entre filles a été plutôt gaie. J'avais décidé d'oublier mes soucis, de ne penser ni à ma mère ni à Romain. On a raconté à Nathalie l'histoire de notre grotte, et ça l'a fait hurler de rire, le coup des « trésors archéologiques pour les générations du futur ». Mais elle a juré de n'en parler à personne.

On s'est couchées tôt. Luna, épuisée par sa journée, est tombée dans le sommeil comme un caillou au fond de l'eau.

Moi, j'étais trop énervée, je me tournais et me retournais dans le lit. Je n'arrêtais pas de penser à Romain, à ce qu'il allait s'imaginer quand il ne me verrait pas arriver comme promis. Il fallait que je trouve un moyen de lui expliquer ce qui s'était passé. Mais comment faire ?

Me dire que je ne le verrais plus me donnait des sueurs froides. En même temps, je me sentais terriblement coupable à l'idée de trahir ma mère…

La respiration calme de Luna, dans le lit à côté, m'énervait encore plus au lieu de me bercer. Je me suis levée sans bruit, décidée à agir. Il fallait que j'écrive à Romain, c'était la seule façon de me soulager. Je me dirigeais vers le salon quand la lumière d'une bougie allumée sur la terrasse m'a arrêtée. Nathalie non plus ne dormait pas.

Je l'ai trouvée allongée sur un transat, le visage tourné vers le ciel. Elle m'a fait signe de venir m'asseoir à côté d'elle.

– Tu as des soucis ?

J'ai fait « non » de la tête, puis j'ai murmuré :

– Oui... un peu.

– Juliette s'inquiète pour son Roméo ?

Elle souriait gentiment, sans l'ombre d'une moquerie. J'ai dit « oui », prête à lui ouvrir mon cœur. Forcément, puisque Luna est comme ma sœur, Nathalie est comme ma mère. Une mère un peu plus compréhensive que l'autre...

Elle a ajouté :

– Tu sais, c'est une chance, ce qui t'arrive là...

– Tu parles d'une chance !

– Oui, une chance. Une histoire pas ordinaire...

– Ah ! çà, on peut dire que, pour une fille du XXIe siècle, c'est vraiment pas ordinaire d'être amoureuse d'un garçon, et que cet amour soit interdit !

J'étais révoltée. C'était de ma vie, de moi qu'elle parlait. Pas d'une héroïne de théâtre. Pouvait-elle seulement imaginer à quel désert ressemblait une vie sans Romain ?

– Tu en connais, des filles amoureuses, non ? a poursuivi Nathalie

J'ai haussé les épaules :

– Autant demander à un âne s'il mange du foin ! Il n'y a que ça au collège !

– Et à quoi elles pensent, ces filles ? a-t-elle poursuivi. Quels sont leurs soucis ? À part s'acheter un top assorti à la jupe ou se prendre la tête sur la meilleure façon d'embrasser ?

Je ne voyais pas très bien où elle voulait en venir, avec ses questions. Elle s'est penchée vers moi et m'a demandé :

– Comment vous les appelez déjà, Luna et toi, ces filles-là ?

– Les Marie-Morue. Mais, franchement, je ne vois pas le rapport.

Elle a lancé un petit rire :

– Julie ! Tu ne crois pas que tes préoccupations actuelles volent un peu plus haut ? Tu préférerais être une Marie-Morue ?

J'ai bien failli répondre « Oui ». Car, finalement, ça me plaisait assez de me prendre la tête pour une jupe assortie à un top, de mettre du violet sur mes paupières et d'embrasser Romain sur la bouche !

J'ai préféré me taire.

– Tout ce que tu endures donne de la valeur à ton amour. C'est une belle leçon de vie que tu es en train de prendre, a fait Nathalie d'une voix grave. Tu as de la chance.

– Ah ouais ? Merci bien, j'en prends toute l'année des leçons, au collège. Ce que je veux, moi, c'est avoir le droit d'aimer qui je veux, comme tout le monde.

– Je suis sûre que tu le reverras, ton Roméo. Ce n'est qu'une question de temps. Tu apprends le temps, justement…

J'ai haussé les épaules, un peu agacée. Si c'était pour entendre ce charabia, mieux valait retourner se coucher et ruminer toute seule sous le drap…

Mais Nathalie, sans doute inspirée par la voûte étoilée, n'avait pas fini son quart d'heure de philosophie :

– C'est le temps qui donne du sens aux relations. Quand tu retrouveras Romain, ton amour pour lui aura grandi, il sera plus fort, plus sincère…

Tout à coup, j'ai de nouveau pensé aux Marie-Morue, qui craquent le lundi pour Machin, parce qu'il est « super cool, avec sa casquette », et qui, le mercredi, ne parlent plus que de Bidule et son nouveau scooter… C'est vrai que leurs histoires ressemblent plus à un jeu de chaises musicales qu'à de l'amour !

Nathalie a fait claquer ses mains sur les accoudoirs avant de se lever :

– Bon, assez de morale ! Il est l'heure d'aller au lit. Demain, ta punition commence, a-t-elle ajouté avec un clin d'œil.

Je l'ai retenue. J'avais une question à lui poser. C'était une question difficile, qui avait du mal à sortir :

– Nathalie, est-ce que… tu pourrais parler à maman, pour Romain et moi ?

Elle a répondu « Non » sans hésiter une seconde :

– Ta mère sait pertinemment ce qu'elle doit faire et penser. Et puis, je n'ai aucune envie de lui faire de la peine avec ça, en remuant des souvenirs qui lui font mal…

– Mais j'ai besoin de voir Romain…

Elle m'a interrompue, en secouant la tête.

– Tu le verras. Patience.

– J'ai besoin de le voir VITE.

Nathalie a agité le doigt d'un air sévère :

– Je t'interdis de chercher à joindre ce garçon tant que tu seras sous mon toit. Tu te concentres sur ta punition, un point c'est tout. Allez, au lit !

J'ai obéi en silence, encore plus mal. Et j'ai recommencé à faire la crêpe dans les draps, avec de nouvelles interrogations qui valsaient dans ma tête. Même avec la meilleure volonté du monde, j'ai parfois du mal à comprendre les adultes.

Chapitre 9

J'ai tenu parole, je n'ai pas donné signe de vie à Romain. Ma mère téléphonait tous les deux jours, on parlait de tout et de rien, elle me donnait des nouvelles d'Arthur et de Charly, me racontait ce qui se passait à l'hôtel. Un peu comme si j'étais en vacances à des milliers de kilomètres de chez moi.

Du coup, la semaine chez Nathalie a filé à toute vitesse. Le matin, j'apprenais le texte par cœur avec Luna. L'après-midi, sa mère nous emmenait en voiture à la salle polyvalente, pour répéter avec les autres.

Luna s'asseyait au premier rang, sa jambe posée sur une chaise, à côté de son Damien. Il lui avait demandé, puisqu'elle ne pouvait pas jouer, d'être son assistante à la mise en scène.

Au début, ça me rendait verte de les voir échanger des idées, rigoler, se murmurer des trucs à l'oreille. Je dois avouer que je crevais de jalousie à les voir roucouler. Déjà que c'était difficile, quand Juliette parlait d'amour à Roméo, de ne pas penser très fort à Romain !

J'avais du mal à me concentrer, je trébuchais sur les mots, et Damien s'impatientait parce qu'il croyait que je n'arrivais pas à apprendre mon texte.

Pourtant, je me suis accrochée. Et, à force de répéter mon rôle, d'entendre Luna me parler, jusque tard dans la nuit, des personnages et de leurs sentiments, j'ai commencé à ressentir une émotion au fond de moi. Petit à petit, je rentrais « dans la peau du personnage », comme disait Luna.

Je continuais à penser à Romain pendant les répétitions. Mais ça ne me rendait pas triste. Au contraire, ça m'aidait à mieux comprendre Juliette.

Damien était content de moi, et Luna n'arrêtait pas de me féliciter pour mes progrès. Quant à moi, je faisais des efforts pour ne pas la remercier de sa « punition »...

N'empêche que la veille de la représentation, l'après-midi de la générale, on a surfé sur une vague de catastrophes.

D'abord, mon costume était trop petit pour moi, et les manches ballons de la longue robe menaçaient de craquer à chaque fois que je levais le bras.

Ensuite, le garçon qui jouait Roméo avait un énorme bouton d'acné bien mûr sur le menton. Évidemment, je n'arrivais pas à regarder autre chose que ce petit cratère prêt à exploser. Du coup, j'ai eu au moins cinq trous de mémoire.

Et, pour finir en beauté, j'ai fait un croche-patte involontaire à un garde, qui s'est écrasé sur le panneau de décor et a renversé, par la même occasion, un pot de peinture rouge que l'atelier de décoration avait oublié de fermer.

Des éclaboussures sanglantes ont giclé sur ma robe et sur le décor en carton. Sur scène, tout le monde a éclaté d'un fou rire nerveux.

Damien est resté très cool, il a même tenté de me rassurer. C'était normal d'avoir le trac à la générale. On trouverait une autre robe, on repeindrait le décor et le plancher dans la nuit ; mais, par pitié, il ne fallait pas que je craque…

J'étais tellement dans le brouillard que je hochais la tête sans comprendre ce qu'il disait. Je n'avais qu'une envie : ôter cette satanée robe pleine de peinture et me sauver à l'autre bout de l'île. Je ne voulais pas qu'elle ait lieu, cette représentation. Pas seulement à cause du trac, mais aussi parce que je savais qu'ensuite il me faudrait rentrer chez moi, revoir ma mère et, qui sait, peut-être Romain…

***

Le lendemain après-midi, quand je suis arrivée à la salle polyvalente, les dégâts de la veille avaient été réparés, comme Damien l'avait promis. L'atelier des décors avait travaillé une bonne partie de la nuit et ma robe avait été teinte en rouge foncé pour masquer les taches de peinture.

Moi, en revanche, j'étais dans le même état de décrépitude que la veille… en pire : mal de ventre, envie de vomir, jambes molles et cervelle en purée… « Accès de trac carabiné », a déclaré Damien en me voyant trembler comme une feuille dans les coulisses.

Juste avant le début du spectacle, j'ai eu la mauvaise idée de jeter un coup d'œil dans la salle, à travers les rideaux de la scène. Ils étaient tous là : maman, Charly avec Arthur sur ses genoux ; Luna et sa cheville bandée posée sur un tabouret ; Damien, qui s'était fendu d'une paire de baskets neuves ; les copains de l'île ; les voisins… Et, derrière eux, des rangées entières pleines de gens, une salle noire de monde qui bruissait comme une volière. Ils étaient tous là…

Même Romain, tout au fond de la salle, à moitié caché par un pilier en bois. Mon cœur a triplé son allure, les remous dans mon ventre se sont transformés en ouragan.

Je me suis raccrochée à Luna, qui m'avait rejointe à cloche-pied. Elle a murmuré à mon oreille :

– T'inquiète pas. Ça va le faire…

– Tu as vu qui est là ?

Ma voix tremblotait comme celle d'une petite vieille.

– Tout le monde est là ! m'a répondu Luna avec un grand sourire.

– Ro… Romain…

– Ah oui ! J'ai oublié de te dire que je l'ai croisé hier…

– C’est toi qui lui as dit de venir ?

Je suffoquais, l’air me manquait, ma tête tournait. Mais Luna s’était déjà éloignée en sautillant.

J’avais tellement espéré qu’il serait là, qu’il saurait que je jouais cette après-midi, qu’il viendrait... Mais, à présent, je trouvais que c’était la pire chose qui pouvait m’arriver.

Dix minutes plus tard, quand les trois coups ont retenti, je n’allais pas mieux, et il a fallu qu’on me pousse en scène comme dans un bain d’eau froide. Et là, miracle, tout s’est arrêté...

Je suis devenue Juliette Capulet, fille de lord Capulet, l’éternelle amoureuse de Roméo, fils de lord Montaigu... C’était parti !

Le reste de la représentation n’est plus qu’un souvenir cotonneux. Il y a pourtant une scène dont je me souviendrai toujours : quand le père de Juliette annonce à sa fille qu’il a l’intention de la marier immédiatement. Il sort de scène en menaçant de la chasser si elle revoit son Roméo. Alors, Juliette, en larmes, se tourne vers sa mère et la supplie à genoux :

« *N’y a-t-il pas de pitié, planant dans les nuages, qui voie au fond de ma douleur ? Ô, ma mère bien-aimée, ne me rejetez pas...* »

J'étais parfaitement concentrée, je ressentais la douleur de Juliette exactement comme si c'était la mienne. À ce moment-là, mon regard s'est posé sur le visage de ma mère, assise en bas de la scène, juste en face de moi. Et je me suis rendu compte que c'était à elle que je parlais : les mots de Juliette à lady Capulet sont devenus les mots de Julie à Véronique.

Les larmes ruisselaient sur les joues de ma mère. Des larmes silencieuses, qu'elle laissait couler en me regardant dans les yeux. C'était la première fois que je la voyais pleurer. Ma mère, maman…

À la fin de la représentation, quand le prince de Vérone invite les deux familles ennemies à se donner la main sur les cadavres de Roméo et Juliette, j'ai senti comme un frisson monter de la salle. Puis il y a eu le noir, un grand silence, et un tonnerre d'applaudissements qui m'a fait l'effet d'un atterrissage express après une séance en tapis volant. Quand les lumières se sont rallumées pour le salut, j'ai pu enfin regarder la salle. Le public, debout, trépignait et scandait nos prénoms. Tout au fond, Romain, grimpé sur une chaise, applaudissait comme un fou.

Il ne m'en voulait pas d'avoir disparu, il était heureux, fier de moi, ça se voyait à la façon dont il scandait « Ju-lie, Ju-lie » avec les autres, et je suis repartie pour une séance de tapis volant.

Puis, soudain, j'ai réalisé que ma mère n'était pas là. Au premier rang, sa chaise était vide…

***

Après la représentation, une foule bruyante a envahi les vestiaires qui nous servaient de loges. Pendant qu'on se démaquillait et qu'on rangeait les costumes, les amis et les parents se sont jetés sur nous pour nous embrasser et nous féliciter.

Je me suis rapidement rhabillée dans un coin, à l'écart. J'étais de retour sur terre, et je ne me sentais pas bien.

Je ne quittais pas des yeux la porte du vestiaire, je guettais l'arrivée de Romain, même si je savais qu'il ne viendrait pas.

Et puis, j'ai pensé au visage ruisselant de ma mère. Elle n'avait même pas pris la peine de sortir un Kleenex, on aurait dit qu'elle ne s'était pas rendu compte qu'elle était en train de pleurer…

Je me suis dépêchée de ranger mes affaires, et je suis sortie en douce de la salle polyvalente. Charly et Arthur m'attendaient dehors. Mon petit frère m'a sauté dans les bras et s'est exclamé :

– Ton Roméo, il est pas beau. Moi, je préférais Romain.

J'ai enfoui mon visage dans sa tignasse bouclée, la gorge serrée. Puis je l'ai posé par terre et j'ai demandé à Charly où était maman.

– Je ne sais pas. Elle est partie tout de suite après le spectacle.

– Elle n'a rien dit ?

– Non.

Il avait pris un air joyeux, mais je voyais bien qu'il était aussi inquiet que moi. Puis il a ajouté en me serrant contre lui :

– C'était super, Julie. Tu as été ma-gni-fique…

J'ai répondu par un sourire de pure politesse. La magie du spectacle avait disparu pour de bon. Je me demandais pourquoi ma mère avait disparu comme ça. Est-ce qu'elle avait croisé Romain ? Est-ce que je lui avais fait une nouvelle fois de la peine ?

Charly a proposé qu'on rentre à la maison, expliquant que Véronique nous attendait sans doute là-bas. La troupe de théâtre avait prévu un pot, après la représentation. Mais, pour moi, la fête était vraiment finie, et je ne me sentais pas le cœur d'aller rigoler avec les autres.

On est rentrés tous les trois, à pied, main dans la main, en écoutant Arthur raconter comment il me trouvait belle avec ma robe de princesse et comment il n'avait même pas eu peur, à la fin, car il savait bien que « je n'étais pas morte pour toute la vie »…

***

L'hôtel semblait désert. Les touristes devaient tous être à la plage ou en balade. Arthur s'est précipité dans le hall en criant : « Maman, maman, Julie est là ! » Il n'y avait personne à la réception, personne au bar ni dans la salle du restaurant. Charly est allé voir à l'office, pendant que, moi, je traversais le restaurant pour rejoindre le jardin.

Et là, je les ai vus. Assis face à face sous les tamaris, leurs visages souriants tournés vers moi. J'ai cru que mes jambes allaient se dérober sous mon poids, et j'ai murmuré :

– Maman… Romain…

Visiblement, j'étais arrivée au milieu d'une grande conversation.

Je me suis approchée lentement d'eux et je me suis assise à leur table. On est restés un moment en silence. Puis maman a poussé un léger soupir et elle s'est levée de sa chaise :

– Bon, c'est l'heure du bain d'Arthur...

En passant derrière moi, elle a posé ses mains sur mes épaules et s'est penchée vers mon oreille :

– Tu avais raison, ma chérie. Il est vraiment charmant, ton Romain.

J'ai fait un effort pour ravaler les larmes de joie qui me piquaient les yeux. Maman m'a ébouriffé les cheveux :

– Je vous laisse... Je suppose que vous avez des tas de choses à vous dire, tous les deux, depuis le temps que vous ne vous êtes pas vus.

Romain m'a lancé un regard brillant de tendresse et sa main s'est posée doucement sur la mienne.

– Au fait, a ajouté ma mère, j'ai proposé au groupe de théâtre de faire la fête ici, ce soir. Et j'ai invité Romain. Ça ne t'embête pas, Julie ?

J'étais tellement émue que je n'ai pas réussi à répondre. De toute façon, elle avait déjà disparu dans l'hôtel. C'est alors qu'on a entendu la petite voix d'Arthur qui expliquait très sérieusement à Charly :

– Tu sais, en fait, je crois que le vrai amoureux de Julie, c'est pas Roméo. C'est Romain.

Épilogue

Oui, une sacrée histoire…

Romain a débarqué le premier. Il a sauté de l'*Enez* sans même attendre que le matelot ait fini d'installer la passerelle de débarquement. Malgré le vent, malgré la pluie et les vagues…

Mon cœur bondit quand je le vois, ruisselant dans sa veste de quart. Je me souviens de tout : de ses grands yeux bleu gris vert, de la fossette sur sa joue droite et de cette lumière qui éclaire son visage quand il me regarde. En deux mois, on a eu le temps d'échanger des centaines de coups de fil et des milliards d'e-mails, de se raconter chaque jour les détails de nos vies. Mais, tout à coup, j'ai le trac. J'ai peur qu'on ne se comprenne plus, qu'on ne se retrouve pas…

Il me serre contre lui et je le respire de toutes mes forces. Il sent l'iode et le vent du large. Il m'embrasse d'abord timidement sur la joue, puis dans les cheveux, puis très légèrement sur les lèvres. Une goutte glisse de ses cheveux trempés et me chatouille le cou. Alors je me mets à rire, et lui aussi.

Je sais ce qu'il pense : on a devant nous une grande semaine de vacances et, si bon nous semble, toute la vie pour nous aimer.

FIN

EXTRAIT

Et pour rêver encore,
lis cet extrait
de

LE SECRET DES HURLANTS

de Gudule

EXTRAIT

Chapitre 1

Notre tête quand la voiture a stoppé devant la villa !

– Sacrebleu ! a soufflé papa.

Il adore les jurons de « dans le temps » et nous les ressort à tout bout de champ : c'est sa manière à lui de lutter contre ce qu'il appelle « la décadence de la langue ».

– Acrebleu ! a répété Tilouis, qui a dû être perroquet dans une vie antérieure.

– Magnifique ! s'est écriée maman – qui, elle, parle comme tout le monde.

EXTRAIT

Quant à moi, je ne disais rien : j'étais sous le charme. Carrément éblouie !

– Tu es bien certain de ne pas t'être trompé d'adresse, Jean-Pierre ? s'est assurée maman, méfiante.

Papa a sorti un papier du vide-poches et l'a consulté :

– Non, non, c'est bien là : villa Les Embruns, Le Mornet, Finistère, il n'y a pas de confusion possible ! D'ailleurs, je vais tout de suite essayer la clé.

L'instant d'après, la porte s'ouvrait et on entrait tous à la queue leu leu. Dedans, ça sentait le renfermé ; en revanche, c'était très beau : poutres apparentes, vieux meubles, cheminée...

– Quelle merveille ! a répété maman en poussant les volets. Il ne s'est pas moqué de toi, ton ami Duvivier !

L'histoire remontait à une quinzaine de jours. Une dispute mémorable avait éclaté, un dimanche matin, au petit déjeuner, suite à une question de Tilouis : « C'est quand qu'on part à la mer ? »

– Bientôt, avait répondu maman en lui tendant une tartine beurrée. Encore deux petites semaines.

Et moi :

– Pfiou, ce sera long !

L'année scolaire tirait à sa fin, j'avais travaillé comme une folle pour passer en troisième, et j'étais crevée... Retrouver les rochers, la plage, le club nautique, franchement, je n'attendais que ça !

C'est là que papa était devenu vert :

– Sapristi ! J'ai oublié de retenir l'appartement !

Trois regards s'étaient braqués sur lui, dont celui de maman, furibond.

– Oh, non, Jean-Pierre ! Tu ne nous as pas fait ce coup-là ?

– J'ai eu tellement de travail, ces derniers temps, que ça m'est complètement sorti de l'esprit !

– Merci, très sympa ! Tu bousilles nos vacances, et c'est tout ce que tu trouves comme excuse ?

– Pas la peine de hurler ! Tu n'avais qu'à t'en occuper toi-même, au lieu de toujours compter sur les autres !

– Moi aussi, figure-toi, je suis surchargée !

– Ah, tu vois bien !

– Mais je ne néglige pas ma famille pour autant !

Comme le ton montait, on s'était éclipsés, Tilouis et moi. Les week-ends-engueulade, très peu pour nous !

Le lundi soir, rebelote. Maman avait pris les choses en main et téléphoné à une bonne dizaine d'agences. En vain : à partir de la mi-juin, il n'y a plus rien de libre nulle part. Elle ne décolérait pas.

Encore une soirée fichue. En plus des vacances, ça faisait beaucoup !

Le mardi, par bonheur, papa nous annonçait que tout était arrangé : un de ses collègues de travail lui prêtait sa villa en Bretagne.

– Tu vois que tu avais tort de te mettre dans cet état, Béa ! triomphait-il. Non seulement tu l'auras, ton séjour à la mer – et dans un coin superbe ! –, mais, en plus, on va économiser un mois de location !

Maman avait reconnu que, question budget, ça l'arrangeait plutôt. Mais pour le reste…

– Il t'a montré des photos de cette villa, au moins ? Si ça se trouve, c'est un taudis !

Elle ne se doutait pas à quel point elle se trompait !

Imaginez le tableau : une grande maison blanche dressée face à la mer. En contrebas, les vagues se fracassant sur les rochers, dans d'immenses jaillissements d'écume. Et, comble du comble : un escalier taillé dans la falaise, qui partait de la terrasse et descendait en zigzaguant jusqu'à une petite plage privée.

– La classe ! j'ai dit.

Je n'étais pas au bout de mes (bonnes) surprises !

– Il y a un bateau dans le garage, a précisé papa. On peut l'utiliser, c'est Duvivier lui-même qui me l'a proposé.

Il m'a souri.

EXTRAIT

– J'en connais une qui ne va pas se faire prier. Hein, Sara ?

Je lui ai rendu son sourire au centuple.

– Tu parles ! On l'essaie tout de suite ?

– Du calme, tu as un mois devant toi, a protesté maman. Laisse-nous le temps de nous installer !

– On a chacun sa chambre ? a crié Tilouis, qui fouinait à l'étage.

No problemo, il y en avait quatre, dont deux donnant sur le large. Coup de bol, c'étaient les petites, celles des « enfants ». Les parents devraient se contenter de la vue sur le jardin.

Chacun a monté ses bagages, sauf Tilouis, qui n'avait qu'une idée en tête : descendre sur la plage. Il avait passé son maillot de bain en un temps record et trépignait d'impatience dans l'entrée.

– Sara, accompagne-le ! a soupiré maman.

– Pourquoi ? Il est bien assez grand pour y aller tout seul !

– Non, c'est trop dangereux !

Toujours aussi froussarde, ma mère ! Avec

EXTRAIT

un haussement d'épaules, j'ai posé les affaires que je m'apprêtais à ranger dans l'armoire.

– Allez, viens, crevette !

– Ne m'appelle pas crevette ! a râlé mon petit frère. Sinon, je te traite de grande saucisse !

Nos rapports habituels, quoi !

EXTRAIT

Chapitre 2

Une chance : le soleil était de la partie. La fin de la journée s'est passée en *farniente*. Maman faisait du bronzing, Tilouis barbotait, encombré par ses palmes, son masque et son tuba, qu'il ne voulait pas quitter, même au bord. Quant à papa et moi, notre premier soin a été de sortir le bateau – une simple barque, en fait, rangée dans un abri taillé à même le roc et fermé par un volet de fer.

J'étais un peu déçue : je m'attendais à un yacht.

– Duvivier n'est pas milliardaire ! s'est récrié papa.

– Avec une baraque pareille, on pourrait le croire !

– Il l'a héritée de ses parents, c'était leur maison familiale. Un salaire de comptable ne permet pas de s'offrir ce genre de résidence secondaire… à moins de détourner des fonds, mais ce n'est pas son style !

Tout en riant, on a poussé la barque à l'eau.

– Voilà le moment de mettre tes leçons du club nautique à profit, a déclaré mon père.

Il en avait de bonnes, lui ! J'avais appris le maniement de la voile, moi, pas celui des rames !

À deux, en unissant nos forces et nos savoir-faire, nous avons dérivé vaille que vaille d'une cinquantaine de mètres – et sans chavirer. C'était déjà ça !

– Ne vous éloignez pas trop, a crié maman. Vous n'avez pas de gilets de sauvetage !

– Ne te tracasse pas, chérie, c'est juste un essai ! Pas très concluant, je l'admets, mais avec un peu d'entraînement, on pourra bientôt aller visiter les petites criques alentour, n'est-ce pas, Sara ?

J'étais d'accord à cent pour cent !

– Ça ne vous plairait pas de partir un matin avec le pique-nique, et de longer la côte en s'arrêtant dans des endroits inaccessibles à pied ? a demandé papa, de retour sur la plage.

– Ouaiiiis ! a applaudi Tilouis.

– Est-ce bien prudent ? s'est inquiétée maman. Il ne m'inspire pas confiance, moi, ce bateau...

– Tu as tort : il est en parfait état de marche !

– Si on coule, je *mettra* ma bouée ! l'a rassurée Tilouis.

– Parfaitement, loupiot ! s'est esclaffé papa en lui ébouriffant les cheveux. D'ailleurs, rien de tel que de boire la tasse pour apprendre à nager !

Les mains en visière, j'ai suggéré :

– On pourrait déjà aller jusqu'à cette île, là-bas, p'pa !

À l'horizon se découpait la silhouette sombre d'une masse rocheuse.

– Pourquoi pas ? À vue de nez, il n'y a pas plus d'un kilomètre, et…

– Ce n'est pas une propriété privée ? a coupé maman. Il me semble apercevoir une habitation.

– Bah, si ce n'est pas celle-là, ce sera une autre… Les îles ne manquent pas, dans le coin !

*

* *

Je suis allée me coucher des projets plein la tête et, le lendemain, à sept heures j'étais déjà debout. Moi qui, d'habitude, maudis la sonnerie du réveil, à sept heures et demie…

C'est le paradoxe des vacances : autant, durant l'année scolaire, on rêve de grasses matinées, autant, quand on est libre de son temps, on a envie de se lever tôt. Dormir alors que mille activités passionnantes vous attendent, quel gâchis !

J'ai enfilé mon jogging et je suis descendue sur la plage. Malgré le ciel bleu, il faisait encore frisquet. Une brume légère stagnait sur la mer, adoucissant le contour des falaises et rétrécissant l'horizon. L'île n'était plus qu'une ombre, au loin. On aurait dit un vaisseau fantôme, prêt à surgir du brouillard...

Mes parents prétendent que j'ai trop d'imagination. Et c'est vrai que j'aime ça, inventer des histoires (et les raconter à mon petit frère, qui en raffole !). Plus tard, je voudrais être écrivain ou cinéaste, pour entraîner les gens dans des aventures palpitantes, les faire rire, trembler, pleurer à ma guise. Je ne comprends pas comment on peut vivre en ayant les pieds sur terre. Le train-train quotidien est tellement monotone...

J'étais là à rêvasser sur le sable quand maman m'a appelée.

– Puisque tu es prête, rends-toi donc utile : trouve une boulangerie et rapporte-nous du pain !

Bonne idée : j'aime aussi explorer des endroit nouveaux !

EXTRAIT

J'avais repéré le terrain la veille, en venant. Le Mornet n'était qu'à dix minutes de marche, par une jolie petite route qui longeait la lande. Une promenade ! Je suis partie sans me presser. Le soleil levant faisait scintiller la mer, je ne pouvais la fixer qu'en plissant les paupières.

Il n'y avait pas des masses de commerces, au village. En fait, il n'y en avait qu'un : une épicerie-buvette-dépôt de pain, tenue par un grand rougeaud qui parlait fort.

– Qu'est-ce qu'elle veut, la p'tite demoiselle ?

– Une baguette, s'il vous plaît. Et, euh… vous avez des croissants ?

– Seulement le dimanche ! Vous êtes en vacances dans le coin ?

– Oui.

– Où logez-vous ?

Je n'appréciais pas trop l'interrogatoire, mais bon, il faut comprendre les villageois : tous ces estivants qui les envahissent, chaque été… Ils veulent savoir à qui ils ont affaire !

– À la villa Les Embruns.

– Chez les Duvivier ? Ce sont des amis à vous ?

Je me suis contentée de hocher la tête. S'il m'avait demandé des précisions, j'aurais été bien embarrassée, vu que les collègues de papa, je n'en connais aucun.

L'épicier s'est épanoui.

– Alors, bienvenue chez nous ! Les amis de mes amis, comme on dit…

J'ai souri pour le remercier. Pas un vrai sourire, non – je le trouvais profondément antipathique ! –, juste un sourire de politesse. En repartant, je suis passée par le port : un quai minuscule flanqué d'une boutique d'accessoires pour la pêche et d'un troquet, le Bar de la Marine. À une table, un vieux bonhomme fumait sa pipe en regardant les chalutiers par la porte grande ouverte. Saisie d'une brusque inspiration, je suis entrée.

– Excusez-moi, monsieur, pouvez-vous me dire si l'île, là-bas, est habitée ?

À présent que la brume s'était dissipée, elle

était bien visible – et n'avait plus l'air d'un vaisseau fantôme. Plutôt d'une carapace de tortue géante.

– Les Hurlants ? a marmonné le vieux sans retirer sa pipe.

– C'est comme ça qu'elle s'appelle ? Drôle de nom !

Il m'a toisée de la tête aux pieds.

– Tu n'es pas d'ici, toi, ça se voit... Tu as déjà entendu parler des naufrageurs ?

– Ceux qui allumaient des feux, la nuit, pour faire échouer les navires et les piller ?

– Exactement. Jadis, l'île des Hurlants était un repaire de naufrageurs. Elle doit son nom aux hurlements des victimes, portés par le vent jusqu'au Mornet, les nuits de carnage. Ces nuits maudites, les habitants du village se calfeutraient chez eux en se bouchant les oreilles pour ne rien entendre...

– Ah, d'accord... Pas très courageux, les... comment dit-on, les Mornésiens, c'est ça ?

Le vieux s'est mordillé les lèvres, produisant un léger bruit de salive sur le fourreau de sa pipe.

EXTRAIT

– Mais peut-être tout cela n'est-il qu'une légende, a-t-il repris comme pour lui-même. Le fracas de la mer en furie ou le mugissement de l'ouragan dans les goulets rocheux ressemblent parfois à des cris humains…

– Et… quelqu'un y habite, aujourd'hui ?

– Oui, un gars pas très net.

– Ah ?… Vous croyez qu'il nous autoriserait à visiter ?

– Ça m'étonnerait beaucoup !

Il a émis un bref ricanement.

– M'est avis qu'il vous recevrait plutôt à coups de fusil !

Au moins, comme ça, j'étais fixée.

J'ai remercié, et je suis repartie annoncer la mauvaise nouvelle à papa. Réaction paternelle : « Qu'il se la garde, son île, ce plouc ! De toute façon, elle est moche ! »

J'étais bien de son avis !

EXTRAIT

Chapitre 3

– Vous ne connaissez pas la meilleure ?

Papa était hilare. Maman, qui lisait à l'ombre d'un parasol, a levé la tête de son bouquin.

– Quoi donc ?

– Il paraît que l'île, là-bas…, elle est hantée !

Le mot a fait tilt. Tilouis, occupé à « chasser les crabes » dans les rochers, a rappliqué dare-dare, et j'ai reposé mon flacon d'Ambre solaire en oubliant de le reboucher.

EXTRAIT

– Qu'est-ce que c'est encore que ces salades ? a grogné maman.

– Je prenais un café à la buvette quand l'épicier m'a dit : « Si vous voulez du poisson frais, demandez donc à Yvon », en me désignant un pêcheur qui venait d'entrer. Je l'ai invité à boire un coup et on a discuté. Il y a des tas de rumeurs qui courent sur Les Hurlants. Des crimes horribles y auraient été commis...

– Normal, c'était un repaire de naufrageurs ! j'ai lancé.

Mon père a froncé les sourcils.

– Tu m'as l'air bien renseignée, toi !

– Moi aussi, je parle avec les gens, qu'est-ce que tu crois ?

– Et y a des fantômes ? a demandé Tilouis, les yeux brillants d'excitation.

Entre le pouce et l'index, papa lui a pincé le bout du nez.

– Morbleu, oui, bonhomme ! Les spectres des voyageurs massacrés reviennent, la nuit, pour se venger...

– Arrête, Jean-Pierre ! a protesté maman. Tu vas lui donner des cauchemars !

– Penses-tu ! Ça lui plaît, d'avoir peur. Hein, fiston ?

L'air ravi de Tilouis confirmait.

– Ils ont des grands draps de lit et ils font « bouh bouh », p'pa ?

– On m'a plutôt parlé de femmes en noir, des « lamenteuses », comme ils disent ici, qui rôdent les nuits de pleine lune en pleurant leurs hommes morts.

– Alors, c'est pas des vrais fantômes !

Mon petit frère était visiblement déçu.

– Et ces « lamenteuses », ton pêcheur, là, il les a vues ? j'ai interrogé.

– Il prétend que oui, et il ne serait pas le seul...

– J'espère que tu n'ajoutes pas foi à ces balivernes ! a tranché maman, agacée.

– Bien sûr que non, pour qui me prends-tu ?

Il s'est tourné vers moi.

– Les superstitions sont tellement vivaces, dans cette région, que les gens voient du surnaturel partout. Ce qui donne lieu à des croyances absurdes, des hallucinations collectives… Tout est prétexte à invoquer Dieu, le diable, les esprits, les revenants. On exorcise encore, au fin fond des campagnes ! Et on pratique des envoûtements, de la magie noire, des sacrifices rituels…

Pénétré par ses propres paroles, il est resté un instant silencieux, puis a hoché la tête.

– Il faut dire, à leur décharge, que la nature s'y prête : les tempêtes, ici, ça doit être quelque chose !

– J'adorerais en voir une ! j'ai dit.

– De la villa, le spectacle est sûrement grandiose, a acquiescé maman. On doit se sentir comme dans un phare : l'impression d'être seul au monde face aux éléments déchaînés… À quoi bon se raconter des histoires horribles alors qu'il suffit d'observer les phénomènes naturels pour éprouver des sensations fortes ? C'est quand même plus sain, non ?

– C'est surtout plus terre-à-terre ! a gloussé papa.

– Moi, je préfère les fantômes ! s'entêtait Tilouis.

Nos quatre paires d'yeux étaient fixées sur l'île. En fait, même sous le soleil, elle était lugubre à souhait. Pas étonnant que les villageois lui prêtent toutes sortes de maléfices !

– Et le type qui y habite, il t'en a parlé, ton pêcheur ?

– Non, on a changé de sujet de conversation. À mon avis, ce n'est pas quelqu'un d'ici. Pour vivre dans un endroit pareil, il faut avoir les nerfs solides, ce qui ne semble pas être le cas des Mornésiens !

– Tu tires des conclusions un peu hâtives, je trouve ! l'a rembarré maman. De l'opinion d'une personne tu fais une généralité. Tu as peut-être rencontré le mystique de service, va savoir ! Ça ne signifie pas que toute la population fonctionne comme lui.

Elle a pincé les lèvres. Cette grimace, je la connaît bien : elle précède toujours une vacherie.

– Je déteste ce travers de Parisien qui considère tous les provinciaux comme des débiles !

(Qu'est-ce que je disais ?)

– Tu sais ce qu'il te répond, le Parisien ? a rétorqué papa.

On s'est regardés, Tilouis et moi.

– Tu viens chercher des coquillages ? je lui ai glissé.

L'instant d'après, on crapahutait sur la falaise. De loin, on pouvait voir nos parents se chamailler mais, heureusement, on ne les entendait pas !

*

* *

Quelques jours ont passé. Faute d'une tempête à admirer du haut de notre « phare », on avait droit, chaque soir, à un spectacle pas mal : le coucher du soleil sur Les Hurlants. Vu la réputation de l'endroit, c'était ultra-impressionnant ! Les rayons rouges semblaient éclabousser l'îlot de sang, couler par chaque fissure de la roche et se répandre dans

EXTRAIT

la mer… De là à en déduire que ce lieu était le théâtre de manifestations paranormales, il n'y avait qu'un pas – que j'aurais volontiers franchi !

Je gardais mes réflexions pour moi, bien sûr. Inutile de relancer le débat. Avec ma mère, aborder certains sujets – et celui-là en faisait partie ! –, c'était avancer en terrain miné.

Cœur Grenadine

Impression réalisée sur CAMERON par

CPI
Brodard & Taupin

La Flèche
en décembre 2007

Imprimé en France
N° d'impression : 44603